我們的重製人生

創作 木緒な
繪者 えれっと
Kionachi / Illustration Ere

Remake our Life!

Let's time-travel to 10 years ago
and reenjoy creative
and sweet youthful days.

我們的重製人生

Remake our Life!
Let's time-travel to 10 years ago
and reenjoy creative
and sweet youthful days.

創作這一行

作者：木緒なち
插畫：えれっと

07

奈奈子半瞇著眼注視我，
「我不是說過，
這是約會嗎……？」
然後咧嘴一笑。

「美乃梨，和小女子一起好好休息吧……」
「咿……實、實在太幸福了……」

人物介紹
九路田孝美
AKI SHINO
志野亞貴
MINORI SAIKAWA
齋川美乃梨

EIKO KAWASEGAWA
河瀨川英子
NANAKO KOGURE
小暮奈奈子
KYOUYA HASHIBA
橋場恭也
TSURAYUKI ROKUONJI
鹿野寺貫之

我們的重製人生 07

Remake our Life!
Let's time-travel to 10 years ago and reenjoy creative and sweet youthful days.

創作這一行

目次

Contents

序章　是否能贏，或者會輸

十一月中旬已過。大藝大的秋季重大活動——學園祭結束之後，大學內瀰漫著和緩的氣氛。

不過其中，只有影傳系七號館的放映廳瀰漫著異樣的氣氛。

聚集在此的學生以二年級為主。因為今天課堂上要針對從夏季到秋季，以比賽形式進行的二年級製片作業總評。

放映廳內的學生議論紛紛。眾人在意的不是影片的結果。不，其實眾人對結果很感興趣，可是上課前所有人都已經知道，所以這不是騷動的原因。

這次比賽的計分方式，是比較在Niconico動畫上的分數。亦即播放數、我的清單數，以及留言數三項數值的總和。換句話說，在場幾乎所有學生早就知道哪部作品目前拔得頭籌。

那麼為何現場討論得如此起勁呢。

原因很簡單。

因為比賽結果太出乎眾人的意料。

「為什麼會這樣啊，老師！」

學生拉開嗓門，大聲質問站在講臺上的教師，加納美早紀。

「結果很出乎意料嗎？」

可是受到學生質問的迦納，卻冷靜得出乎意料。

「那當然！結果……怎麼會這樣啊。」

只見學生雙手緊握，懊悔地開口。

放映廳內的其他學生肯定也有類似的想法。到處都看得到有人對結果感到不滿、慌張與困惑。

有如打破現場的氣氛，

「好，各位同學注意。」

加納老師拍了拍手，敦促學生們安靜。

吵鬧的聲音頓時靜下來，所有人的目光都集中在老師身上。

「前期的作業，各位同學都製作得很努力。即使品質有差別，所有團隊都確實完成了作品，上傳到 Niconico 動畫。這一點值得稱讚。」

說到這裡，老師咧嘴一笑，

「不過，各位同學似乎對結果都有意見呢。」

然後老師向一旁的助教示意，在螢幕上放映『評分方式』的幻燈片。

「關於這次的評分方式，一如大家事前所知。結果也已經公布在 Niconico 動畫的網站上。」

老師以筆型遙控器切換下一張幻燈片。

「那麼老師再一次說明。揭密為什麼結果是這樣——」

隨後老師再次向助教使眼色，從幻燈片切換至電腦的瀏覽器。放映廳內再度響起學生們的騷動。

不過其中，只有兩支團隊始終默默地緊盯螢幕。

分別是北山團隊△，以及九路田團隊。

兩支團隊的成員都心知肚明。相較於其他團隊，他們對作品傾注了更大的熱情。對於這樣的結果也有許多想法。

「欸，這到底是怎麼回事呢。」

一臉不安神情的小暮奈奈子嘀咕。

「應該……符合恭也之前的計畫吧。畢竟我不是他本人，不知道該如何回答。」

鹿苑寺貫之顯得有些豁達，手扠胸前回答。

「是啊！畢竟我們都相信他，創作出這樣的作品呢！」

團隊裡首屈一指的壯漢，火川元氣郎豪邁地大笑。

「話說橋場學長究竟去哪裡了呢？」

美術系一年級的齋川美乃梨左顧右盼，環顧四周。

「反正肯定又有什麼企圖吧，而且還瞞著我們。」

河瀨川英子錯愕地『哼』一聲回答。

北山團隊△幾乎全員到齊。

其中只有團隊領導，橋場恭也不在。由於這堂課沒有硬性規定要到，各團隊只要派代表出席即可。

不過團隊代表居然不在現場，實在是特例。

「奈奈子，妳擔心什麼嗎？」

河瀨川詢問悶悶不樂的奈奈子。

「不，我並非在意比賽結果，而是……」

她的視線朝旁邊一瞥。

「原來如此。其實這也是我好奇的地方。」

河瀨川同樣望向一旁，然後點點頭。

「不過包含這一點，都在橋場的考量內。」

「嗯，也對。」

一切計劃都由橋場恭也構思，並且決定。團隊成員則依照他的指示製作，採取行動。

「不知道志野亞貴是以什麼樣的心情看結果呢……」

嘴裡嘀咕的奈奈子，視線望向幾公尺旁的朋友身影。

前北山團隊的主要成員，目前是九路田團隊的作畫主力。志野亞貴露出平靜的表情，注視螢幕。

從表情看不出她心中的想法。

◇

同一時刻。

舊第二餐廳樓上有一片草皮區域。平時總是沒人，明明是開放的地點，卻奇妙地適合密談。

「居然在上課中找我出來，代表有重大理由吧？」

北山團隊△的代表，橋場恭也，

「嘻嘻，你說對了。」

以及九路田團隊的代表，九路田孝美兩人在此。

兩人都蹺課跑來此地。正確來說，是九路田率先開口，恭也才跟著來。

理由是有是要談。找恭也出來的原因非常直截了當。恭也同樣迅速明白，詳細內容等抵達現場再說，並且點頭答應。

目前是秋冬交替的時期，冷空氣在位於盆地的這一帶流動，讓人有寒意來襲的預感。一般而言，應該會有人順勢提出進入室內談話。

但是兩人絲毫不在意。彷彿比起寒冷，兩人都聚焦在彼此會說什麼，採取什麼行動。

「不用去上課嗎？」

面對恭也的問題，九路田表示，

「結果已經出爐了。老師多半在課堂上解說評分機制。不過身為製作人，你可別說不知道老師的目的啊。」

恭也同樣點頭同意九路田這句話。

「正因如此。」

他的語氣十分平靜。也沒有發出平時的詭異笑聲，話音特別清澈，沒有任何雜音。

「有件事情，我想向你確認。」

忽然吹起一陣強風，整片草皮跟著出現波浪。大風颳得衣服啪噠啪噠直響，彼此像旗幟一樣飛舞。看起來宛如宣告戰役開打。

不久後風勢平靜，兩人面對面。

橋場恭也的臉上露出笑容。

◆

即使進入十月，這附近的氣溫依然很高。燠熱又潮濕的空氣會降低創作的敏銳度。我甚至覺得，這個國家的文創內容可能受到濕度的控制。

「哼，我居然還有閒情逸致想蠢事啊。」

手中捧著兩個便利商店的塑膠袋，我走在河畔的馬路上。這附近距離大學頗遠，幾乎沒看見像學生的人。雖然我就是看準這一點，才會選擇這裡。

我走向綜合大樓的二樓，深夜依然燈火通明的房間。按下對講機後，熟悉的鬍子臉隨即出現。

然後我將雙手的塑膠袋交給他。

「這是送你們的。盛戶你隨便幫我分給組員。」

盛戶信彥，一臉鬍子的男性咧嘴一笑。

「不用說是你送的嗎？大家聽了會高興啊。」

「免了免了。大家只會懷疑是不是陷阱啦。」

「哈哈，說得也對。」

盛戶發出難聽的『嘿嘿』笑聲。其實我沒資格說別人，但他的笑聲也很難聽。

「話說，現在方便來一下嗎？」

我點頭後，關上房門來到大樓外頭。盛戶會用這種語氣，肯定是要報告進度之類與製作相關的事情。

走到外頭後過了幾分鐘，盛戶手拿香菸與罐裝咖啡跟著出來。見到他一臉笑咪咪，代表他的心情似乎不錯。

「進度還不錯。雖然到上週還有些危險，不過現在一口氣追上來了。這是最新的進度，而這是今後的評估表。」

一如我的預料，是確認進度的。若無特定目的，這種事情最好別讓負責作畫的人聽見。

如果在火燒屁股的情況下讓組員聽見，會讓人額外焦急。若組員在進度還有餘暇的情況得知，就會掉以輕心。兩者對製作而言都是不必要的麻煩。

之前我告知這件事後，從下一次報告開始，盛戶就會像這樣換個地方。

「另外你之前說得沒錯，上傳預告篇影片後，回應比預料中更熱烈，自從上傳後，聚焦在我們身上的關注度便暴增耶。」

「似乎是。」

我沒什麼感想。我只是按部就班地進行，面臨什麼情況就怎麼做而已。

這連戰略都算不上，只是例行公事。而且那支影片並非為了預告而製作。加上特效字幕上傳其實只是附帶的。

「志野的情況如何？」

聽到我的問題，盛戶便露出滿臉笑容。

「超棒的！不知道是不是愈畫愈起勁，她以別人完全比不上的速度與品質一張張完稿。說真的，如果沒有她的話，根本就不可能完工！」

不論好事或壞事，盛戶燈會以誇張的動作表達。所以他說話的可信度要扣掉誇大部分。不過從他的反應來看，志野的工作應該非常順利。

「要小心別讓她工作過度。即使她再厲害，也需要適度休息。」

「當然，我依照你的指示以時間劃分進度，放心吧。」

志野的作畫進度一如預料，早就在我的預測之中。無論如何，她都不會受到其他組員的影響而行動。我之前就認為，只要她對自己從事的事情感興趣，在完成之前都不會停下來。

她是我理想中真正的創作者。對自己的工作追求極致，用說的很簡單，但是能做到的人屈指可數。志野是已經很稀少的這一類人中，珍貴到不能再珍貴的對象。

要運用素質這麼好的人，我也得做好覺悟與準備。所以我在製作上小心翼翼，除了畫圖以外盡可能降低她的負擔。

照理來說，這種體制連他都辦不到。

「不過這麼一來就輕鬆了吧。該不會根本就不用比了？」

我感到自己臉頰上的肌肉緊繃。

「他們看起來也沒有任何反應，我們贏定了吧？」

聽得我狠狠瞪了盛戶一眼。

「就算開玩笑也不准講這種掉以輕心的話，要我說幾遍才會明白。」

「是、是我的錯……別露出這麼可怕的表情，拜託啦？」

在我喝斥之下，盛戶急忙苦笑賠不是。雖然他是很優秀的製作助理，缺點就是難免容易輕視對手。

「可是難免讓人想鬆口氣吧？對方的ＭＶ連內容都看得一頭霧水，評價也褒貶不一。我們推出的是超高水準的全動作動畫，簡直看不出由學生製作。第一部作品的播放數已經遙遙領先，根本不可能會輸吧？」

似乎試圖為自己辯解，他滔滔不絕說出我們的優勢。

問題是，對方依然有我無法忽視的要素存在。

「——因為橋場啊。」

我如此嘀咕。

「橋場在他們團隊。光是這樣就很讓人擔心了。」

對於我這句話，盛戶露出訝異的表情。

「你特別看重他呢，他有這麼厲害嗎……？在別人眼中，他只不過是女人堆中的柔弱男性罷了。」

說著他歪頭感到不解。

或許他說得沒錯，是我杞人憂天。也許最後他根本無計可施，比賽就這樣結束。

我已經盡了所有努力。不論話題性，完成度，或是技術力，我有自信這次的作品在任何方面都能輾壓對手。照理說我們的作品根本不可能會輸。

問題是。

（他肯定已經有了想法。如果我猜得沒錯，將會是……）

其實沒有可怕到足以讓我發抖。威脅性也沒大到在腦海中揮之不去。可是我總是想到我們落敗的景象，而非勝利的喜悅。

以棒球形容的話，就是始終保持領先的比賽，最後一局卻走霉運。連續出現烏安後遭到逆轉，一不小心便比賽結束。這種神奇的落敗印象始終出現在我面前。

「我回去了。」

簡短告知後，我便轉身離開製作現場。

「噢，嗯，拜啦。」

即使歪頭一臉疑惑，盛戶依然再度返回現場。

我再度走在空氣溫暖潮濕的街上。河邊的道路四下無人，大群白蟻與牛蛙的叫聲卻加在一起，讓悶熱的天氣更難熬。

救護車的聲音由遠而近，從我身旁呼嘯而過。柏青哥的霓虹燈招牌反覆閃爍黃色與紅色的燈光，在我的臉上施加華麗的色彩。白蟻不停飛向燈光照到的地方，在我的臉上糾纏不休。

伸手驅趕白蟻的同時，我整理模糊不清的思緒。

（到底還有哪裡不安？）

目前橋場尚未推出決定性的攻勢。他們發表的影片我已經看到爛了。我猜他們可能著重在第一部與第二部作品的連結上，在第二部揭曉第一部作品中不明的部分。這一點連傻子都看得出來。

但如果只有這樣，也不保證能贏過我們的動畫。即使他帶鹿苑寺回來，充實內容層面，連環畫劇般的ＰＶ在完成度上也拚不過全動作動畫。

沒錯，一般而言根本連比都不用比。正因如此，最大的謎團就是他為何有自信接受挑戰。

「橋場──你到底想做什麼。」

他真是討人厭。即使是大一最初的製作作業，他都連續使出暗器引發話題。

我早就預測到嚴謹的河瀨川會以優秀的完成度硬碰硬，結果也不出所料。可是橋場帶來的作品實在超出我的想像。

無法理解，代表無法匹敵。

「哼，想起了無聊的事情。」

以前只能和一群遜砲較量，現在的情況比以前理想太多了。如今終於可以強強相碰，這才過癮。

不過正因如此，我更不能輸。

我接下來的目標，就是不打倒強敵不罷休。否則我根本贏不了更強大的對手。

「我要贏。」

我說出自己很少說的話。因為以前贏得太理所當然，沒有必要刻意提及。

可是如今或許到了打破禁忌的時刻。畢竟對手沒有弱到能輕鬆戰勝。

如果說出口能稍微討個好彩頭，我就願意嘗試。

「滾開。」

我捏住在臉四周飛舞的白蟻，往腳下一丟。

以前我就是這樣走過來的。

所以今後我依然會堅持走下去。

第一章　昨日為止，明日之前

進入十月，即使接近冬季，這段期間依然持續悶熱。不知道是最近的氣象所致，還是這個地區的影響，但唯有一點可以肯定。

「貫之你很死腦筋耶，為什麼就是不明白啊！」

「囉嗦！只是奈奈子妳太草率而已，別牽拖別人！」

在北山共享住宅內，今天依舊上演悶熱的言詞交鋒。甚至讓人覺得這可能就是室溫增加的原因。

「之前已經講過很多次了吧!?歌詞如果太拐彎抹角，詞不達意的話，聽眾很快就會膩了。所以必須適度添加好記的部分才行！可是你卻在副歌採用這種輕飄飄的詞，這樣怎麼吸引聽眾的注意力啊！」

「居然說輕飄飄!?妳到底有沒有仔細看過內容啊！根據之前劇情之類的積累，如果一下子塞太直接的句子，聽起來會很怪好嗎！要等聽眾理解了整體音色等方面，才能添加朗朗上口的歌詞！」

「萬一在進入你說的高尚內容之前，觀眾就關掉影片該怎麼辦！你之前明明說過，好不容易打造出細膩的世界觀，最怕觀眾不看。怎麼你就是聽不懂啊！」

「怎麼可能不看！在挑我的世界觀毛病之前，妳的聲音和曲子本來就是最棒的，怕什麼！所以即使略顯平淡，這裡還是得仔細順著世界觀描述才行。妳怎麼就是不明白啊！」

「就是不明白啊，你很頑固耶！」

「囉嗦，不會動腦筋啊，唱歌妖怪！」

基本上都是奈奈子與貫之兩人，與其說討論更像在吵架。

負責作曲、歌唱的人是奈奈子，不過基礎世界觀與歌詞的負責人卻是貫之。少了任何一人都無法製作，而且即使有一方大幅度讓步，也會導致平衡崩潰。

所以只要兩人一爭論，我就隨他們去。基本上他們都尊重對方的創作，所以不會筆到人身攻擊。

「老樣子，還在吵啊。」

客廳一旁的房門輕輕開啟，齋川探出頭來。

在貫之離開後搬進共享住宅的她，已經完全融入了此地。

「已經吵了將近三十分鐘，差不多該吵累了，兩人都會妥協吧。」

「也對，畢竟是老樣子。」

齋川似乎也逐漸習慣應付他們了。一開始齋川還大驚小怪地問「不用阻止他們吵架嗎!?」不過看到我沒理會，他們吵完也自行和好，才發現似乎不用擔心。

「可是……」

見到兩人的爭論，齋川忽然嘀咕。

「能像這樣以作品為題材，正面相互討論，其實非常好呢。」

她露出帶有幾分嚮往，又感慨良多的視線。

「不過齋川，妳和志野亞貴的關係就像對手呢。」

我話才剛說完，齋川便迅速用力搖搖頭，中途打斷我的話。

「沒有沒有，絕——對沒有～～！我和亞貴學姊的差距大得就像太陽與燈泡，一個天一個地，剛搗好的年糕與乾巴巴的仙貝，NDS與Game & Watch！什麼對手，差遠了！」

「是、是喔。」

與其說差距沒那麼大，其實我覺得她也很厲害。但是在她的心目中，似乎還差得很遠。

「所以能像那樣對等地較勁，我覺得非常厲害，可是……」

她呵呵笑了笑，

「不過能遇見亞貴學姊，並且對話，我覺得非常難得。」

「嗯，是啊。」

我想起有可能存在的十年後世界。始終沒有對手的她登上頂點，結果迷失了方向。

走在道路的頂端，其實比別人想像中更加辛苦，而且非常不安。當時的她就身陷其中。

「話說齋川……」

「嗯？」

「或許現在還不是，但妳曾經想過，總有一天想成為志野亞貴的對手吧？」

齋川略為沉默。她似乎不想對這個問題含糊其辭。

然後以堅定又清晰的聲音，

「——嗯，沒錯。」

清楚回答我。

「是嗎，謝謝妳。」

總有一天，她也會與志野亞貴對等地較勁吧。我不知道還要幾年，但我希望能成真。

對彼此而言，這應該是最好的關係。

（差不多該稍微介入一下了。）

如果他們爭辯太久，齋川會遲遲無法繪製下一部分的插圖。面對感情好得吵個沒完的可愛組員，我輕輕開了口。

◇

「毫無意義的爭論結束了嗎？」

在超市內一手提著籃子，河瀨川一臉錯愕地表示。半瞇眼睛與嘆氣同樣適合今天的她。

「算是吧。雖然最後不論誰吵贏，結果都不會改變。」

我一臉苦笑地回答。

在尊重彼此的基礎上調整其實不難。只要一邊稱讚好的地方，同時在雙方各退一步的地方妥協，大致上就能圓滿搞定。

今天也是一樣，在副歌的用詞添加一些說明便順利平息紛爭。

「我不知道他們兩人的感情多好。但是也該停止這種透過吵架紓壓的『消遣』了。」

在掌心轉動馬鈴薯的河瀨川，同時噘起嘴表達不滿。

「說是這麼說，不過這也是製作上的必要一環。尤其歌曲是這次作品的根基，我希望他們能精益求精。」

如果胡亂妥協，不僅會波及插圖，甚至是影片。

亦即歌曲相當於企劃書的部分，我希望他們能做到滿意為止。

「我當然知道。在貫之加入團隊後，內容的品質有所提升。整支團隊也愈來愈有完全體的模樣。」

說到這裡，河瀨川突然犀利地盯著我。

「可是。」

然後手持生薑泥軟管，像匕首一樣指著我。

「這也導致工作行程愈來愈緊湊。我想你應該明白吧？」

「嗯，當然。」

她嘆了一口氣。

「這也難怪。畢竟讓齋川作畫的張數逐漸減少了嘛。即使目前進度不算太緊繃，也差不多該加快腳步了。」

「噢，嗯，那當然。」

其實我覺得是時候了，不過最可靠的，就是除了我以外還有人幫忙仔細地掌握進度。

這一瞬間我深深感受到，幸好團隊有河瀨川。

「既然知道的話，就該一一仔細地報告。否則會讓人擔心。」

「就說抱歉了嘛。話說妳其實不用一直這麼關心我……」

我話才說到一半，她突然以生薑泥的軟管戳我的鼻尖。

「拜託！我不是在擔心你好嗎！我在擔心團隊與作品！怎麼會以為我在擔心你啊！這樣很奇怪耶！給我收回剛才那句話！」

河瀨川面紅耳赤，要求我修正失言。

「知、知道啦，我修正，我修正就是了。」

我急忙搖搖頭，河瀨川這才收回抵著我鼻尖的軟管。

「……拜託，突然說這什麼話啊。」

即使我心裡想『有這麼嚴重嗎？』不過她本來就很細心，連小細節都不錯過。

（這不是出於好感才講反話吧，應該不是。）

最近我才知道自己遲鈍得離譜，所以決定以後多多留意。

之後由河瀨川俐落地逛大賣場，我們迅速買齊製作豬肉湯的材料。

團隊住在一起工作時，最常吃的食物就是咖哩或火鍋，不過我經常煮豬肉湯。不僅可以大量攝取蔬菜，也不用像咖哩要熬煮那麼久。而且鍋子不容易燒焦，吃完也容易收拾。

以前我向河瀨川這麼說時，她的反應很直截了當：『好像黃臉婆』。其實她今天同樣如此形容過我。

可能因為晚餐時分，櫃檯人特別多。我推著推車排隊。

「真是擔心。」

這時河瀨川不經意地嘀咕。

「擔心什麼？我越來越像黃臉婆嗎？」

「不是啦，我怎麼可能在這個話題上較勁。我不是這個意思。」

她對我露出相當擔憂的神情，

「我擔心你說的作戰能不能順利成功。」

「噢，那件事情啊。」

我之前向所有成員提過，這次比賽要使用的密技。

即使河瀨川能夠接受，依然因為「沒有前例」而感到不安。

「其實我心裡很明白。你的說明也很清楚，之後也拿出了支持理論的資訊。可是。」

我點點頭。

「沒辦法啊。連我都沒有百分之百的自信。」

其實我的方法並非完全賭運氣。純粹只是針對情況而採取行動。只不過和以前製作的進行方式、作品的創作方式，以及目標都不一樣，才容易引發混亂。

但我依然選擇這種方式。因為要讓志野亞貴的存在更有分量，並且讓以齋川為首的北山團隊成員成長，就不能一直墨守成規。

這就是從十年後回來的我能盡的努力。我希望大家一起體驗到創造『最初』，並且親眼見證。

所以我才準備了這個舞臺。

「沒錯，你在這方面的判斷總是準確無誤。」

河瀨川吁了一口氣，

「不過我經常覺得，愈來愈看不出你究竟在關注哪裡。」

「咦。」

聽得我心臟怦然一跳。

「總覺得你看我，以及大家的眼光，像是在注視很遙遠的地方——也許是我多心了，可是我卻有這種感覺。」

「是、是喔……」

即使我一直留神，絕口不提穿梭時間的祕密，甚至刻意不去想。但我沒辦法做到連注視大家的視線都不露痕跡。話說我之前原來是這樣看待大家的啊。

我猜想河瀨川或多或少對我有好感，並且經常觀察我。她肯定察覺到哪裡不對勁。

（我得盡量小心……別讓她看出來。）

可是我又沒辦法具體採取行動。

「反正我就是有點黃臉婆習性嘛。」

總之我只能借用她剛才說的話轉移焦點。

「好了啦，是我不對。剛才不該那麼說的。」

河瀨川不滿地噘起嘴。

接下來我們該如何走下去呢。

我有構想，甚至有希望與大家共享的未來。可是我卻不知道該如何讓這個未來成真。

其實我也同樣不安。

◇

十月過了一半左右，有一堂課以全體二年級為對象。

基本上以製作過程的中間報告為主。不過在報告之前，加納老師再度說明放映方式與計分方式。

「之前老師應該提過，這次的製作要與 Niconico 動畫合作。」

計分方式與之前一樣。由播放數、我的清單數，以及留言數三項數值的總和為分數，以第一部與第二部作品的綜合分數排名。

「首映是在學園祭最後一天，下午兩點開始的放映會上。放映會結束的同時也會上傳至 Niconico 動畫，屆時開始計數。兩星期後統計結果，在全體課程發表結果。還有什麼問題嗎？」

有同學詢問放映時的順序與上傳影片的時機，卻沒人問對製作產生的影響。

「好，那麼接下來以團隊為單位確認進度。各團隊代表依序來研究室找老師。報告完畢的團隊要負責連絡下一團隊的代表。」

老師一宣布下課，教室便頓時議論紛紛。

「橋場，你來一下。」

見到老師伸手叫我過去，我走向講桌。

「鹿苑寺他怎麼樣，之後沒問題吧？」

「貫之嗎？他很好，已經和之前在學校完全一樣了。很有精神。」

老師鬆了口氣，點點頭後，

「那就好。畢竟有不少同學剛回來的時候會適應不良。你的觀察力應該比別人更敏銳，所以要幫忙照顧他。」

該說理所當然嗎，老師一直在關心貫之的情況。

「知道了，我會留意的。」

「拜託啦。啊，還有一件事。」

「嗯？」

即將回到座位的我，再度回過頭來。

「橋場，你還好吧？」

「咦，我嗎？」

「是啊，就算精神層面再怎麼堅強，也有可能突然崩潰。如果覺得哪裡不對勁，就立刻找我商量。不好開口的話就找學務處吧。」

對啊，我一直覺得努力不懈就是我的使命，不過太少休息的確是一個問題。

「謝謝老師的關心。其實現在還不要緊……但我會注意的。」

「嗯。你是你們團隊的主幹，要有這個自覺。」

這時候老師才終於放我回去。我略為敬禮後，回到剛才坐的座位上。

確認報告進度的順序，我們團隊排第九。

估計少說要等一個小時以上。乾脆吃個午飯，找人聊聊天吧……在我這麼想的時候，

「橋場。」

原以為老師這邊沒事了，結果又有人向我開口。

當然，這次找我的是別人。

「九路田……有什麼事？」

「嘻嘻，怎麼聽起來好像沒事別找你啊。不過我沒事也不會主動向你開口。」

他的口氣和平時一模一樣。

「有沒有時間？我想和你聊聊。」

時間當然有，而且特別多。

不過花時間與他對談，感覺實在不怎麼痛快。

「是可以，但你們向老師報告過了嗎？」

「我們團隊墊底，是最後一組。老師有愈多問題要問的團隊，順序就愈往後挪吧。」

這麼一來，除了心情以外就沒有別的問題了。

在九路田的邀請下，我離開了教室。

◇

九路田前往的目標並非老地方，舊二餐的上頭。他選的是平時有人經過的中庭，可能是要討論的內容不算祕密吧。

坐在一塊大石頭削成的椅子上，九路田便立刻開口。

「我聽說鹿苑寺的傳聞了。怪不得他之前從系上消失，原來你在私底下搞了這些啊。」

貫之從休學到復學的過程似乎掀起話題，在系上也有同學到處打聽。雖然僅止於傳聞。

「我什麼也沒做。貫之是自己決定恢復學籍的，我去找他是拿忘記的東西給他。」

其實我不打算說謊，可是讓他問東問西倒是挺麻煩的。

當初去找貫之當然也有製作上的考量，但是關心他才是最主要的目的。要是九路田根據片段的消息亂猜，我會不太爽。

「忘記的東西啊……算了，就當作是這樣吧。」

九路田似乎不太在意我的回答。憑他的洞察力，應該至少會知道我的意圖。那我就沒有必要刻意說明。

「話說你到底要說什麼？不會只有打聽貫之而已吧。」

「嘻嘻，那當然。」

他迅速點頭後，對我咧嘴一笑。

「橋場，要不要和我打賭？」

「打賭？」

「是啊，不過不賭錢。輸的人要接受贏的人提出的一項要求，如何？」

他到底在想什麼？

這是他第一次對我挑釁。當然，即使他有什麼策略，都是比賽勝負揭曉後的事，所以似乎與比賽沒有直接關係。

說到可能性……根據九路田的構想，我推測他已經看到這次比賽之後的發展，打算提前布局。

「接受一項要求，是嗎──」

為何要在這個時間點打賭，我能想到的原因只有一個。但我不認為他會為了我們著想。

「知道了，我接受。」

「哈，你倒是答應得很爽快呢。難道你早就知道我在想什麼，才答應和我對賭嗎？」

其實大致上猜得到。

「我的能力範圍有限。只要是我能力所及，我倒是無妨。」

「那當然。如果你叫我做壞事，我當然會拒絕啊。」

「我才不會這麼無聊，你不也是一樣？」

「嘻嘻，你還真是器重我啊。你好歹應該知道，我這人沒那麼清白吧？」

不，在創作這個領域上，他比我這種人清白多了。

即使我心裡這麼想，但我並未開口。

我們將一小張便條紙撕成兩半，分別寫上誓詞。內容是一旦勝負揭曉，勝利者可以向落敗者提出要求。只要在能力範圍內，落敗者必須盡可能協助達成。

然後我們彼此將便條紙收進口袋內。

「後續就等發表結果後再說吧。」

「嘿，各方面都讓人期待啊。」

轉過身後，九路田有些駝背地走進校舍內。我則不由自主注視他的背影。

他的口氣不太好，行事作風也不值得稱讚。不過他對創作的真誠堪稱所有同學之冠。

他對自己的作品追求盡善盡美，並且一股腦拋棄不相干的事物。論純粹這一點，我自認為比不上他。

如今他的要求，應該是招攬志野亞貴成為正式組員。

她幾乎能完全切割友情、人際關係與自己的創作。

平時她和共享住宅與北山團隊的人吃飯，並且共同生活。不過實際上，她是九路田團隊的成員之一。她並未因此偷工減料，為了作品持續默默地提供自己的技術。

至於情報方面，九路田團隊的創作內容都小心保管在別人看不到的地方。連在住處工作時，她也一直留意不在自己房間以外的地方工作。就算九路田有事先提醒，也因為她一直專注於九路田的團隊，才能滴水不漏地遵守。

這就是職業精神。

九路田肯定感到驚訝。志野亞貴不僅具備極高的技術力，連職業精神都遠遠超越學生。所以他肯定想拉攏志野亞貴進入自己的團隊。

如果他獲勝，團隊肯定名聲大噪，也不會有人質疑他身為總監的能力。與志野亞貴聯手也是給人深刻印象的重點。

「志野亞貴究竟想做什麼呢。」

目前我想到的，全都與我們團隊有關。下一步該怎麼走，則要看她的判斷。

一旦我們團隊落敗，九路田希望志野亞貴加入她們團隊，我頂多只能促成此事。

「如今她心裡究竟在想什麼呢。」

這件事情不問她，則永遠不得而知。

◇

「好，現在召開美術研究會學園祭會議!!」

情緒亢奮到最高點的桐生學長一聲令下，召開要在今年學園祭上舉辦的 Cosplay 咖啡廳討論會議。

由於會議在放學的傍晚時分召開，大家都顯得有些疲憊。剛結束舞蹈術科測驗的柿原學長趴在桌上睡覺。杉本學長和樋山學姊的情緒都有些低落。

「拜託，你們幾個怎麼回事，也太沒勁了吧？這可是一年一度的慶典耶，多拿出一點幹勁參加吧，好不好!!」

即使在一片低氣壓中，桐生學長還是一樣亢奮。

「升上三年級就變得很忙碌呢，尤其是我們的術科作業很嚴格。」

杉本學長打了個大呵欠回答。

「對啊，何況你明明是研究生，為什麼這麼有精神啊。真是難以置信。」

樋山學姊注視桐生學長的眼神和平時一樣冰冷。

「這和當研究生無關！對大藝大的學生而言，學園祭可是比課程更優先的重大活動。而且從活動的成立……」

桐生學長甚至開始發表有點囉嗦的演講。

不過除了桐生學長以外，的確有許多學生致力於學園祭。而且並非所有學生都對學業馬馬虎虎。有人平時很認真，只有在學園祭期間才徹底放飛自我。

（對了，今年除了學園祭以外還有放映會呢。）

去年有奈奈子登臺獻唱，以及在女僕咖啡廳糾纏不休的客人，某種意義上熱鬧非凡。

放映會在整個大學內其實不算什麼重大活動。但我有預感，覺得不會這麼簡單。希望是可以一笑置之的小插曲。

「不過菜單倒是需要仔細思考一番。」

手扠胸前的河瀨川，盯著寫了反省去年問題的清單，嘴裡嘀咕。

「因為去年的菜單沒有考慮到材料的利用率，很多丟棄的材料根本沒有用到。如果能提升利用率，不就能防止材料突然不夠了嗎？」

「等一下，聽我說～！要檢討的話，我設計的有趣菜單不就完全沒機會出現了嗎，這樣我很難過耶！」

河瀨川的視線緊盯特別高亢的嗓門插嘴的桐生學長。

「這件事有重要到優先於一切嗎？」

「咦……？」

「我問學長，這是在本次的咖啡廳活動中最重要的事情嗎？換句話說，如果顧客的要求與桐生學長設計的菜單高度重合，並且認為學長的菜單很有吸引力，才有考慮的必要。」

「那、那當然啊！我設計的菜單能讓顧客大排長龍，還能靠隊伍的人龍吸引更多顧客……等等，為什麼大家都露出這麼冷淡的眼神!?」

去年的主要工作人員都紛紛提出質疑。

「桐生學長設計的菜單實在讓人不敢領教。」

「什麼『歡迎光臨桐生樂園！』，誰看得懂啊。」

「最後一部分還因為材料不夠而刪掉了。」

「而且對顧客人數毫無影響。」

「拜、拜託，你們幾個！不要無中生有！隱瞞事實！社團內怎麼到處都是權力的鷹犬啊！」

面對突然開始宣稱權力的獨裁者，長期遭到壓迫……不，忍耐已久的社員們全都視線冰冷，以冷靜的批評回應。

成為新任革命政府首長的女孩，同樣冷冷地嘆了一口氣，

「那就全面重新製作菜單，大家沒有異議吧？」

「沒有異議！」

「你、你們幾個竟然訴諸多數暴力，總有一天你們會遭到反噬的！給我記住！」

於是菜單變得更有效率。以學園祭舉辦的餐飲店而言，可以預期品質比去年更高。

然後會議終於進入正題。

「好，接下來關於Cosplay……」

河瀨川一提到這個議題，所有社員的視線便立刻集中在她身上。

「唔……呃，這次負責接待的工作人員，請隨意 Cosplay。另外要事先登記，以免服裝重複……」

她說到這裡，

「河瀨川學姊！」

齋川美乃梨便立刻湊出身子，追問河瀨川。

「怎、怎麼了啊，齋川。」

「學姊剛才說隨意，代表學姊也會 Cosplay 吧？」

「……妳在說什麼呢。」

事到如今，河瀨川還想轉過身去落跑。

可是，

「學姊別想跑！之前的會議上已經說好，學姊也得負責待客，Cosplay 上陣才行!!」

齋川朝河瀨川逃跑的方向湊過臉去。

「拜、拜託！就算妳這麼執著於讓我上場，可是哪有人會期待我 Cosplay 呢……」

說到這裡的河瀨川，望向在場所有人。

「唔……」

每個人都露出期待不已的眼神，看得出大家都在等待河瀨川的決定。

「英子，妳 Cosplay 很可愛，別再掙扎了，和我們一起來吧～」

奈奈子一臉笑咪咪，

「我覺得妳應該很適合可愛的制服喔～」

志野亞貴同樣滿臉笑容，

「唔～雖然對河瀨川學妹有點不好意思，但我也很想看呢。」

樋山學姊也咧著嘴笑。

殘酷的現實是，現場沒有人幫她說話。

「學姊妳看，怎麼會沒人呢？」

「唔……！」

齋川一臉笑容，河瀨川被逼得走投無路。

剛才知性的表情似乎已經消失無蹤，河瀨川完全面紅耳赤，完全無法反駁。

不久，

「知道了啦……我不會再逃避了。」

她以很小，很小的聲音承諾，

「太棒啦！大家都聽到了吧！」

隨著眾人興奮地歡呼，決定河瀨川英子在他人面前 Cosplay 亮相。

河瀨川懊悔地嘟囔『唔～』。

畢竟齋川從企劃階段就一直力邀她參加。何況這次還是她自己提議的，想拒絕也很難。

感覺她實在有些可憐的我，主動向她開口。

「還好吧？如果真的不願意，可以選擇專門負責廚房的職位喔。」

「謝謝關心。其實我也沒有這麼討厭，如果真的不行，一開始我就會拒絕。而且……」

「而且？」

只見河瀨川即將開口，卻又打消主意。反覆兩三次，嘴角緊閉了一段時間後，才以只有我聽得見的聲音，

「其實我自己也有點想穿穿看……」

害羞地轉過臉去，如此開口。

「真、真的只是一點點！有一點點這麼想而已！你可別到處亂說什麼『我終於發現 Cosplay 的魅力』這種話喔！」

「我不會說的啦！真的！」

我個人覺得，河瀨川主動展現許多這方面的特質是好事。她最近也受到朋友們的喜愛。

「我、我真的不覺得 Cosplay 有什麼魅力喔……」

「知道了啦。」

照這樣看來，或許明年還會看到她與齋川一起參加活動。

◇

會議中的高光時刻到此為止。接下來確認事項與決定負責人就很樸實，會議進行得十分嚴肅。

河瀨川俐落的聲音依然在社辦內響起。

「原則上接待人員請不要到後臺補貨。這方面由我負責，同時也避免重複加購。」

「意思是我和志野亞貴集中精神待客就可以了吧。」

「嗯，如果發現什麼問題，就告訴我和橋場。由我們負責應對。」

奈奈子跟著輕快地回答『了解～』。

「那麼採購的搬運人員就由我和貫之負責吧。」

「也對。桐生學長就和去年一樣，負責打掃會場內與收拾餐具。以及如果顧客惹出麻煩，就請學長負責找人解圍。」

「明白！這次我會找柔道社的王牌來！」

我覺得很神奇，桐生學長怎麼會與體育系社團的王牌選手有交集呢。

（學長明明瘦巴巴，和運動根本沾不上邊……噢，等等。）

與相同興趣（？）產生交集的關鍵字，包括『情色』『店家』『常客』。我居然可以理解原因。

（其、其實拓展人際關係也是好事啦。）

這些事情還是向河瀨川保密吧。

會議即將接近尾聲，齋川也在筆電內整理好會議紀錄，現場瀰漫著即將散會的氣氛。

「那麼今天的會議就到此結束吧。」

就在樋山學姊宣布散會時，

「不好意思，我們是學園祭執行委員會。」

突然有人敲社辦的房門，出現佩戴著黃色臂章的女生。

「執行委員會的成員？請問有什麼事情嗎？」

不只大藝大，只要舉辦學園祭這種大規模活動，各校都會組成負責營運的執行委員會。

學園祭執行委員會的成員會佩戴黃色臂章。從籌備到舉辦，以及善後處理的這段期間，他們在校內掌握權力，也是會禮貌對待所有學生的主持人。

工作人員以委員長為中心，以體系的上下級關係區分每個人的責任。不只是學生，連校外的顧客們對他們都讚譽有加。

美術研究會以前和執行委員會好像幾乎沒有交集，也不曾派社員當工作人員。大多都是最後一天突然有人前來確認，秒答「啊，沒事吧」隨即離去。

因為房間內有沒人來參觀的展示區，多半才被歸類為安分又不易惹出麻煩的社團吧。

不過去年突然舉辦餐飲店，連日盛況空前。而且還出現不速之客，甚至惹出麻煩，導致我們一下子變成重點監視對象。

再加上美研派柿原學長與杉本學長擔任執行委員，因此雙方的交集比以前多很多。

現在執行委員會的女孩來到社辦。我原以為她會提到當天警衛的事宜，

「之前以傳單等方式告知過學園祭活動，我們是來確認各位的參加意願。」

結果她開口說的事情完全出乎意料。

「學園祭活動？」

什麼意思啊。我一點記憶都沒有，今天的會議上也沒討論過。

在我即將以問題回答對方的問題時，

「哇～抱歉抱歉，是指大藝大小姐那件事吧！」

桐生學長獨自一拍手，聲音宏亮地回應。

「大藝大小姐??」

其他社員依然感到不解。

面對兩極化的反應，執行委員會的女生表示「咦？各位不知道嗎？」並且從手中取出資料。

「這是今年主舞臺的活動。去年舉辦的是現場演唱會，所以今年是大藝大小姐。為了所有讓入學的學生都能經驗一次，會以年為單位輪流舉辦四項大型活動。」

原來如此，明白了。

去年的現場演唱會技驚四座。奈奈子的決心與真本事開花結果，很值得紀念，今年似乎變成了大藝大小姐。

「大藝大小姐選拔賽啊……」

在十年後的世界，這種活動由於擔心政治正確等因素而幾乎銷聲匿跡。不過在大藝大，似乎玩哏的層面比較強烈，所以一直持續舉辦。

說到活動有多搞笑，不只允許男生參賽，而且每三次就有一次由男生奪冠。不過獲選的學生都積極以大藝大小姐的身分參加各種活動。由於還是公開活動，似乎也有一定收入。

此外大藝大小姐還有一個特點，就是最推崇「可愛」。不過並非指美醜，似乎是整個人看起來「很可愛」。

……執行委員會的女生向我們概略地解釋這些內容。

「那麼各位意下如何呢?如果願意參加的話，請在申請書上登記後……」

「要要要，我們當然要參加!總之填上所有女生的名字，除了我們社員以外還有非社員啁嗯嗯嗯……」

樋山學姊從後方使勁勒住瀟灑地拿起筆，即將填寫的桐生學長。

「啊，不好意思，不要理這傢伙說的話。我們美術研究會不參加，OK?確定不會參加，請用紅筆寫上無人參加。」

「好、好的……我知道了。」

「事後不論有任何人宣稱要變更，都絕對不要理他!」

似乎察覺氣氛不對勁，執行委員會的女生頻頻點頭，然後迅速離去。

「喂，拜託!為何讓她離開啊，樋山妹。如果有人獲選成為大藝大小姐，不就能幫我們咖啡廳宣傳了嗎，我很聰明耶。」

「你怎麼這麼沒腦筋啊!去年負責待客的人員已經忙得要死了。為什麼非得參加什麼活動，進一步增加她們的負擔啊!」

桐生學長這才露出「噢，對喔」的表情。

「哎，真是的……拜託不要凡事都靠脊椎反射做決定好嗎……」

見到樋山學姊疲憊不已的神情，大家也只能面露苦笑。

「可是啊！不是我在說，這可是美研成立以來第一次有這麼多可愛女孩雲集耶！說真的，難道妳一點都不感興趣，不想見識大家究竟有多可愛嗎？」

不死心的桐生學長想盡辦法自圓其說，從別的方向訴求參加大藝大小姐的意義。學長就這麼著迷這項活動嗎。

「河瀨川學姊，話說……」

齋川露出期待不已的眼神，注視河瀨川。

「我不要。」

可是河瀨川立刻表示拒絕。

「為、為何一喊學姊的名字，學姊就急著拒絕啊！至少先聽我說完嘛!!」

「妳那不懷好意的笑容早就洩漏了妳想說的話！Cosplay 那件事我不和妳計較，所以別再問我要不要參加大藝大小姐了！」

「哎呀，穿幫了嗎。」

齋川不以為然地表示，還咧嘴一笑。看來河瀨川沒猜錯。

其實齋川不久之前才碰上跟蹤狂糾纏。即使她擅長格鬥技，也不敢胡亂拋頭露面吧。

「恭也同學，大藝大小姐是選拔可愛女孩的活動吧？」

志野亞貴突然拉了拉我的袖口，如此詢問。

「應該……是吧。反正有各式各樣的要素，最後選出冠軍吧。」

「各種要素？」

「意思是評審應該會基於談吐啦，唱歌啦，這些類似個人魅力的要素，應該是。」

由於我並非精通大藝大小姐的人，詳情當然不得而知。

「是嗎，那麼。」

然後志野亞貴露出天真的笑容，

「奈奈子很合適喔。」

「我就知道妳會這麼說！我、我才不參加呢!!」

突然朝一旁的奈奈子投出炸彈。不過在落地爆炸前，奈奈子就急著一棒打了回去。

「噢噢……說得對，奈奈子妹妹具備所有大藝大小姐的必備要素呢！」

猛然起身的桐生學長露出「這裡有顆寶石啊」的愉悅表情。

「應該說志野亞貴這麼可愛，參賽的話肯定特別受歡迎！」

「我沒辦法啦，個子太矮了。」

「這、這年頭總是有這種需求的嘛！所以放心吧！」

不知道究竟在放心幾點鐘的。

或許幸好大家都缺乏參賽的意願。否則只要起心動念，桐生學長肯定又會特別起勁地沒事找事做。

「唔～要是有女生願意表示一點興趣，我就可以去找執行委員會修改了呢。」

看，我就說嘛。

「反正就算叫我參加，我也會立刻拒絕。」

河瀨川對桐生學長露出冰冷的視線。

「哈哈哈，也是啦。」

我甚至懷疑，如果有人願意積極參加，學長大概會熱血到燒起來。

「這種比賽最適合打從心底想吸引眾人目光，耀眼燦爛的女孩了。」

會議就在河瀨川一如往常地回應之下，到此告一段落。

◇

由於會議傍晚才開始，現在外頭已經完全天黑。所有人打著呵欠紛紛離去之際，志野亞貴已經完全進入了夢鄉，於是我揹著她回家。

好久沒有揹她，發現她還是一樣輕得離譜。即使她本人已經大幅升級，內容量似乎也沒有變化。

「志野亞貴完全沒醒呢。」

見到在我背上呼呼大睡的志野亞貴，貫之擔憂地表示。
「製作工作相當辛苦嗎……真擔心她有沒有好好睡覺。」
奈奈子也同樣擔心志野亞貴。
「這方面似乎不用擔心。九路田團隊管理志野亞貴的工作詳細到讓人佩服，聽說還下過功夫，避免她一天的工作量暴增呢。」
九路田團隊管理進度非常徹底。對於延遲催得特別緊，或者該說安排得相當精準。不過像志野亞貴這種工作過度的類型，也會確實指示她放慢速速度。
而我的做法是只要能畫，就放手讓她畫。相較之下，他們的做法更呵護創作者。老實說這給我上了一課，真不甘心。
（某種意義上，其實一如預料呢。）
九路田孝美這個人似乎能根據製作現場與團隊成員，自由改變行事風格。
和之前頻頻傳出爭吵的團隊不一樣，如今的九路田團隊絲毫沒聽到這種傳聞。反而安靜到讓人覺得詭異。
這證明了他事先安排好完善製作體制，避免團隊成員不睦。
像志野亞貴這種風格已經接近職業人士的創作者，九路田不會插嘴，還能劃分領域。足見他在管理方法上的彈性。
或許他大一的那種態度才是裝出來的。如今他的風格大幅改變，讓人不禁如此心想。

「志野亞貴創作了相當了不起的作品呢。如果說那是同學年的學生創作的作品，一般人可是會大受打擊呢。」

那一天，我們團隊的主要成員都看到了九路田團隊公開的預告片。

前作的水準已經遠遠超越學生創作的等級。預告片更是展現了輾壓級的品質與完成度。如果單純要我們做出超越這種影片的作品，我早就嚇得直接舉白旗投降了。

「我們也覺得自己創作了優秀的作品。奈奈子同樣寫出最棒的曲子。不過正因如此，才知道他們團隊作品的完成度有多驚人。」

貫之這番話非常有道理。

我們的作品的確也超越了學生做著玩的作品。即使不如商業等級的ＰＶ，照理說也遠遠凌駕外行人的水準。

問題在於。

志野亞貴與九路田的作品，已經達到了不同層次的水準。我們團隊的所有人都明白這一點。大家看到的當下不是懊悔，而是單純表達尊敬，就是最好的證明。

「我們要贏過他們的作品吧，恭也？」

「嗯，當然。」

我自信地斷定。

如果現在不能肯定，那我也甭當什麼製作人了。

「哈哈，其實你也很強呢。親眼見到那麼厲害的作品，依然能維持堅定的立場。你已經是不折不扣的怪物了。」

然後貫之說了聲「但是」，頓了半晌。

「目前還沒有她這麼誇張吧。」

平時我們見到的她，不是躺在客廳，就是躺在陽臺。或者每次都弄錯泡麵該加多少熱水，感覺她輕飄飄的。

可是如今的她，已經堪稱怪物。

比任何人都更貪心地持續創作，蛻變成怪物級的實力。

「唔喃……嗯……」

志野亞貴依然睡得很香甜。貫之語帶感嘆地表示，

「她真的很厲害呢。不論在任何環境，任何狀況下，自己想做的事情都不會妥協，目光緊緊注視前方。她比我們任何人都堅強，而且純粹。」

「嗯，真的。」

我一直心想，如此熊熊燃燒的熱情與決心，究竟隱藏在嬌小身軀的哪裡呢。

「不過志野亞貴有可能也在勉強自己。畢竟我們無從得知。」

關心志野亞貴的奈奈子表示，同時輕輕戳了戳志野亞貴的臉頰。

「是沒錯。可是表面上看不出來才是志野亞貴堅強的地方。如果是我或奈奈子，大概早就哀哀叫了吧。」

「我、我哪有這麼……不，應該早就示弱了。」

見到即將否認，又隨即承認的奈奈子，貫之面露苦笑，

「真要說的話我也是一樣。想到我曾經難堪地逃回家，其實比奈奈子妳還丟臉呢。」

「貫之，那件事……」

「放心吧，我已經看開了。不過回來後我一直在思考，要怎樣才能變得這麼堅強。」

貫之注視志野亞貴的眼光，已經逐漸轉變成尊敬的對象。我對這種變化感到驚訝，但也能夠理解。

夜空沒有一絲雲彩，滿天星斗照亮我們回家的路。話說我在春季揹著志野亞貴回家的那一天，同樣如此無暇。

我究竟能怎麼做呢。

到底能如何為他們付出呢。

後來發生了好多事情。我盡了許多努力。我不知道這會如何影響未來，不過我希望，唯有往前進步這一點是確實的。

我希望已經逝去的『未來』有其意義。
也希望即將到來的『過去』產生變化。
「喂，恭也。」
貫之突然開口。
「你有想過，我們究竟為了什麼而創作嗎？」
聽得我內心一驚。
彷彿自己心裡在想的事情被看穿一樣。
「拜託，貫之，你怎麼像作家一樣問困難的問題啊。」
奈奈子嘻嘻一笑。
貫之倒是對奈奈子露出認真的眼神，
「那妳呢，奈奈子。」
「咦？」
「妳能清楚說明自己唱歌的意義，以及原因嗎？」
被貫之突然一問，奈奈子明顯感到困惑。
「這、這我哪知道啊。只不過不知不覺中，發現自己非常喜歡唱歌。唱得不好時會陷入自卑，但現在已經不會了。所以我會全力以赴，為了自己……我只想得到這些。」

貫之點點頭。

「對啊，我也是一樣。我一直很喜歡寫作，持續寫下去。最後覺得自己只剩下寫作，一直持續寫罷了。不是為了別人，到頭來是為了自己。」

奈奈子有些不滿地嘟起嘴，

「什、什麼嗎，貫之你還不是一樣，沒有固定的原因。」

「我已經找到了啊。」

「咦……？」

不只奈奈子，連我也轉頭望向貫之。

「既然覺得自己只剩下寫作，就只能靠寫作活下去。換句話說，今後要靠寫作維生。」

「換句話說……」

我一接著開口，貫之便面露微笑。

「沒錯，我想成為職業作家。」

聽得我心臟大聲怦怦跳。

以前貫之曾經提過，他要走寫作這一行。所以我知道，成為職業作家當然是他可能達成的目標。

不過這一次，我明確聽到他親口說出。

出自川越京一，不，川越恭一的口中。

「那你們呢？」

然後貫之以平靜的語氣詢問我們。

這可能是下定決心的人才有的特質。可以從他身上感受到自信，以及不動搖的意志。

「我啊，該怎麼說呢。」

奈奈子似乎還難以決定。

「我非常喜歡唱歌，可是還不知道將來的打算。目前我覺得唱歌最棒，如果能以此為生也無妨。問題是我完全不知道怎麼踏入這一行……」

這個問題的確很難現在做決定。畢竟我們還是學生，而且距離畢業還有一段時間。

可是有不少學長已經在這時候認清自己的未來，並且離開大學。先不提我們是否要效仿學長，現在開始考慮將來，其實不算太早。

貫之點點頭後，

「恭也，那你呢？」

這次改問我。

「我——」

好難回答的問題。

我已經有將來的目標，想做的事情了。那就是與在場所有人共同創作一部龐大的作品。

可是這個目標看似具體，卻又很抽象。尤其我目前還看不出來，要怎麼與這部作品產生交集，以及如何擠進創作團隊。

因為我屬於創作者，卻不算真正的創作者。製作人的定位就是這樣。

「我還不知道。目前我唯一想到的，就是好好搞定與大家一起創作的作品。」

聽得貫之一臉苦笑，

「恭也你真是認真呢。雖然這也是你厲害之處。」

貫之『呼』一聲吁了口氣，彷彿淨化淤積已久的情緒般。

「其實啊，我們難得成年了，我覺得思考這些問題也不錯。所以才會試著問大家。」

「哈哈哈，有道理。」

雖然我笑著回答，

「將來，是嗎。我們究竟會如何發展呢？」

不過奈奈子仰望天空，同時嘀咕。

她的眼神感覺到一抹寂寥與不捨，我頓時沉默。

（沒關係，我這樣就好了。為了引導他們進入職業的世界，只要我事先準備好完整的鋪墊與契機……）

照理來說，夢想中的未來就在前方等待我們。

「話說回來。」

貫之忽然開口。

「不知道志野亞貴有沒有。還是和我們一樣還沒確定，正在尋找呢。」

「到底是怎樣……誰曉得呢。」

不過能肯定的，就是她已經不斷往前邁進。在做好心理準備踏上職業之路前，自然接近這個領域。

目前只擔心，在我背上睡著的她會不會感冒。

奈奈子在猶豫，貫之已經發現道路，而志野亞貴正往未來前進。

去年春天才見面的我們看起來沒變，卻已經逐漸開始分道揚鑣。

第二章　回首往事，暫時擱置

這一天，北山共享住宅的所有人都聚焦在位於二樓的房間。

「強況如何？」

在樓下的奈奈子主動開口，詢問剛才去探視情況的我。

「還差一點點。她說已經進入最後關頭，應該快了吧……」

在我即將報告時，從我身後傳來『喀噠』的開門聲。我急忙回頭一瞧，

「呼～全部畫完了……！」

見到神情有些疲憊的志野亞貴站在該處。

隨後她高舉雙手，對我們露出充滿開放感的笑容，

「太好啦～!!」

發出喜悅的歡呼聲，同時腳步迅速衝到樓下去。

「恭喜妳完工～!!志野亞貴!!」

「謝謝～！奈奈子妳也作曲辛苦了～」

兩人擁抱在一起，享受工作結束的滋味。

志野亞貴工作的最後關頭似乎改在家裡進行，這幾天一直關在房間裡。

到了今天，趕工終於結束。

「呼~太好了，幸好亞貴學姊能順利回歸……」

齋川也略為噙著淚水，為志野亞貴完成工作感到高興。

「美乃梨妹妹太誇張了啦。我只是因為工作而暫時不在而已。」

「才不只暫時呢！如果那個團隊對亞貴學姊圖謀不軌，我還打算闖進去揍他們一頓呢！」

到時候肯定是齋川暴打他們吧，那可就麻煩了。

「九路田同學他們完全沒做出這種事啦~」

志野亞貴苦笑著回答。

看起來不像在惦記他們，代表九路田真的好好對待過志野亞貴。

等到奈奈子與齋川的歡迎結束後，我也慰問志野亞貴。

「辛苦了，志野亞貴。」

「恭也同學你也辛苦了~還剩下剪輯之類的工作吧？」

這時候優先關心對方的情況，的確很像她的作風。

我的確還有工作沒做完。雖然大致上有了雛型，不過得看從現在到截止日期之間，能去蕪存菁到什麼程度，要做的事情還很多。

不過我現在想坦率地慰勞志野亞貴。

「話說志野亞貴，好不容易從工作中解脫，有沒有想吃的東西？」

「對啊對啊，趁現在恭也會請客！什麼都可以！」

「拜託，怎麼是奈奈子妳在說啊！」

說實話，今天請她一頓倒是無妨。那就吃烤肉，不，志野亞貴應該比較喜歡拉麵吧，我如此心想。

「唔，想做的事情啊……該怎麼選呢。」

志野亞貴開始認真地思考獎勵。

話說我可能從未仔細問過她想做什麼，追求什麼，以及喜歡吃什麼。畢竟我們大多數時間都在一起，關於喜好的問題，如果不主動說的話，別人就無從得知。

我知道她喜歡吃從福岡帶來的泡麵，卻沒有進一步的資訊。

她究竟喜歡什麼呢。

「啊。」

似乎發覺什麼的志野亞貴開口，

「那麼恭也同學。」

「什麼事，志野亞貴。」

志野亞貴一如往常，面露柔和的笑容。

「有件事情只能拜託你……可以嗎？」

「只能拜託我？」

「嗯。」

她堅定地點點頭。

究竟什麼事情要拜託我呢。該不會希望我為她下廚吧。

不過一本正經地要求，感覺又有點小題大作。總覺得像平常的她一樣，說『幫我做○○～』就好了。

（那究竟是什麼呢。）

或許是我多心了，不過這時候，我總覺得她的笑容另有意涵。

但並非壞心眼，或是不良企圖那麼負面。更像孩童的惡作劇，類似於玩耍吧，我心想。

志野亞貴頓了半晌，然後開口。

「希望你帶我去約會。」

「噢，約會啊……約、約會!?不會吧??」

「啊——??」

「欸——??」

由於太過順其自然，一瞬間我差點聽漏。

約會？？？？

當、當然，以前她從未提出過這種要求。即使偶然兩人外出購物，或是出門的時候，也完全沒有以約會為前提耶？

沒理會腦海中的問號比平時更多的我，她露出不解的表情盯著我瞧。

「不行嗎？」

志野亞貴可愛地略為歪頭。

「不、不是，問題不是行不行，而是……」

問我要不要約會，我當然不會拒絕啊，不用想也知道！

我悄——悄轉頭，望向身後的兩人。

「橋場學長……橋場學長橋場學長橋場學長橋場學長……」

眼鏡女孩滿眼血絲瞪我，嘴裡不停叨唸我的名字。

「恭也……原來……是這樣……是這樣的嗎……」

褐髮女孩察覺情況有異，逐漸進入戰鬥模式。眼看兩人讓現場的氣氛變得很僵。

「欸嘿，要請恭也同學帶我去哪裡呢。」

在這種局面下，只有一個女孩滿不在乎地笑著。

連我也無法從經驗中找到收拾這個局面的答案。

◇

製作終於進入最後階段。等志野最後畫的原畫完工，就進入末期加工與攝影，接著開始剪輯。

我沒前往工作現場，而是在擔任製作助理的盛戶家中盯著整體進度。隨著尾聲的接近，團隊成員的動力也開始產生變化。有人鬆懈下來，也有人鼓起幹勁。畢竟人類不可能穩定地發揮力量。所以要一邊觀察各成員的特性，同時整理成資料，以便安排下一份工作。

其中也有人從頭到尾一直維持高度動力。

不用說，當然是我們團隊裡的怪物。

盛戶看著志野寄過來的最後一份工作檔案，然後向我開口。

「嘩～真是厲害。九路田，你過來看一下。」

「怎麼了？」

「到了最後關頭，她的原畫品質又進一步提升了。照理說趕工很辛苦，但她絲毫沒有疲憊的模樣呢。」

仔細一瞧，她上傳的最後一部分原稿品質的確更高了。

這部分場景原本就使用不少特效，所以我之前補充說明，不用畫得太精細。但這是考慮到志野的體力與工作緊湊度，身為製作人的判斷。私底下我還是希望這些場景能仔細繪製。

不過志野彷彿輕易看穿了我的真正意圖，以更高水準的技術細心完成。

「的確很厲害。動畫的高潮之處需要力道十足的作畫，她做得很好。」

「連你都誇獎她，代表真的很了不起吧。哎呀～其他人也會更有動力吧。我立刻聯絡他們。」

「嗯。」

興奮不已的盛戶隨即打電話，聯絡在製作現場的成員。

「喂？嗯，對，原畫完工了。超棒的耶！我現在傳給你，電話別掛斷，讓我聽聽反應好嗎。沒啦，是真的很厲害！」

我丟下講電話的盛戶，獨自外出。

現在是大白天，太陽還高掛天空，暑氣依舊滲入全身。只要不是出外景，我大多待在家裡，畢竟我不太喜歡陽光。

我在盛戶住的公寓附近的倉庫前散步。大學附近的鄉下什麼都沒有，所以到處都是倉庫與工廠。我注視著相同的紙箱堆積成山，然後由堆高機一一運走。

如果商品都設計成一模一樣，當然可以大量製作。可是依然有良品與不良品之分。連在工廠大量生產的商品都這樣，由一群充滿不確定性的人創作的作品就更不可能一模一樣。講好聽點或許可以稱之為個性，但反過來說就是弱點，根本沒轍。

不過志野具備的『個性』卻相當不得了。

即使以旁人的角度都覺得霸氣十足。不過嘗試與她合作後，我再次目睹到何為震撼。像是天才、秀才這些詞彙都是根據作品的評價，但我覺得都不足以形容她。

她的體內應該還存在更為可怕的事物。

「她是不是也背負著什麼呢？」

一般而言，我不會在創作者身上思考這種事情。絕大多數人都在國高中時期大幅膨脹無聊的自我意識，如今拋棄臉面後胡亂發洩一通罷了。從中絲毫感受不到他們的敬意、感謝，以及敬畏。畢竟不論在任何現場，我都發現自己才是最吐血的人。

不過志野不一樣。

這不是層次的問題，而是她待錯了地方。

志野亞貴很明顯和其他人不一樣，是怪物。光是和她一起創作，我就覺得這次的製作有了意義。若問我何時產生前所未有的預感，認為這次製作非同小可，那肯定是見到志野親筆作品的一瞬間。

不過正因如此，她才可怕。在她這位怪物的體內，存在某種事物。

該不會與她自身有關——

「嗯？」

陷入沉思的我，沒注意到手機在響。當初我聽信智慧型手機的宣傳，以為能看圖片聽音樂。換手機後我卻偶爾會沒發現來電，實在很煩。

「喂？」

話說接電話之前，我沒確認是誰打來的。我討厭打錯電話與強迫推銷，一直刻意不接通訊錄以外的電話號碼。

從電話另一側傳來女性的聲音。

「九路田嗎。你現在有沒有空？」

一瞬間我還不知道是誰，不過透過說話的習慣，很快就知道了。

「——加納老師。」

◇

仔細一想，自從進入藝大後，我的生活就變得多采多姿呢。

住在男女混居的共享住宅，和女孩子單獨參加活動，還受到對方的表白。如果之前即將三十歲，過著灰暗人生的我聽到，肯定會羨慕不已。

一邊如此心想，同時我和志野亞貴一起搭乘近鐵的電車。

「好久沒有像這樣兩人單獨出門了呢。」

「對、對啊。」

以前曾經在年尾出門採購，但是後來都沒有機會。

那段時間奈奈子正好很忙碌，沒辦法來。志野亞貴有些歉疚，讓我印象深刻。

（對了，當時聽到志野亞貴說的話，我也相當心動呢……）

奈奈子不在身邊沒關係嗎？聽到當時志野亞貴話中有話，我理所當然想到這方面，忍不住胡思亂想。

只不過我完全沒料到，後來會穿梭到未來去……

（當時志野亞貴為何會說那句話呢。）

如果她想去哪裡玩，照理說不用刻意強調約會。可是她卻特地說出來，代表多少有意義。

即使叫我在意，我還是忍不住會去想。

……畢竟一般人不會親吻毫無感情的對象吧。

「到了呢。」

在志野亞貴的提醒下，得知電車抵達了終點，阿部野橋站。我們預定在這裡換乘地鐵，前往目的地。

「嗯，那就走吧。」

我壓抑心中有些坐立難安的心情，邁開腳步。

（不知道大家現在在做什麼呢……）

之前奈奈子和齋川露出誇張的表情，我現在不敢想像她們兩人。

＊

恭也與志野亞貴並肩而行。我則躲著他們兩人，偷偷摸摸跟在後頭。

「欸欸欸欸，有聽見嗎？有沒有聽見？志野亞貴剛才說兩人單獨，單獨出門耶。那句話就代表……她其實心知肚明嘛，你不這麼覺得嗎？」

「沒啊。志野亞貴不會在意這種事情啦。」

「笨蛋，你在胡說什麼，她當然會在意！只是你對男女戀愛不感興趣，才沒發現而已！欸，欸欸，我該怎麼辦才好？怎麼辦才好啊？」

「我哪知道！拜託，奈奈子，妳也為無端躺槍的我著想好不好……要撒謊騙小百合姐，偷偷溜出來真的很麻煩耶。」

「可是，可是啊，我原本要和齋川一起來，結果她說有堂課沒辦法蹺掉。沒辦法啊，我只好找看起來很閒的貫之你了。」

「我哪有閒啊。寫原稿的時間被迫浪費在這種無聊的地方，我這股難過的心情該怎麼療癒才好？」

「那、那就找小百合小姐吧……」

「我要是敢開口，她就會叫我別寫什麼原稿，最後浪費更多時間。話說他們愈離愈遠了，這樣行嗎？」

「咦，當然不行啊！我們追！」

「拜託，饒了我吧。」

我拎起嘴裡不停抱怨的貫之，小跑步追上他們兩人。

其實志野亞貴與恭也約會也無妨。我雖然曾經向恭也表白，卻沒有和他交往，所以這是恭也的自由。

但我實在很在意，志野亞貴居然會積極想和恭也獨處。說不定她也想向恭也表達心意。如此一來，我非常好奇恭也會如何回應。

「不知道……恭也會怎麼想呢。」

我還是想知道這一點。

「奇、奇怪？欸，貫之，他們兩人跑哪去了？」

「哎……這下子該怎麼辦啊。」

◇

「……哈囉。」

我敲了敲影傳系研究室的門，隨即聽見簡短的回應：「九路田嗎，進來吧」。不知道老師找我有什麼事，但我想趕快搞定。

研究室還是一樣雜亂。我認為有些教授相當能幹，但可能是付出收拾的能力交換來的。

「坐那邊吧。抱歉找你出來。」

「不會，抱歉我也沒能在老師要求的日期前來。話說有什麼事情嗎？」

昨天老師突然打電話，找我去研究室一趟。我說當天不太方便，與老師改約隔天，現在才來到研究室。

「不好意思，再等我三分鐘。等寄出郵件後我就過去。」

「沒關係，反正我也不趕時間。」

我的確不急，但我也不想在這裡待太久。

有句話我得先聲明，我很怕這位教授。她既有知識與實際經驗，更在影像傳播領域接二連三吸收新要素，讓人對她有好感。系上所有教授裡，大概只有她具備Niconico 動畫的正確知識。

不過包含這一點，我最怕的就是她特別『瞭若指掌』的部分。彷彿已經看穿學生心中的想法，試圖以拐彎抹角的方式刺探真正的意圖。這種像資深刑警般的話術也很煩。

最重要的是，我不喜歡她和橋場恭也關係匪淺。即使她沒有優待橋場，卻總讓人忍不住瞎猜兩人是不是在打什麼如意算盤。

所以和她對談時，我都提醒自己盡量使用客氣的語氣。反正我早就習慣與煩人的大人對談，倒不覺得痛苦。可是必須事先做好心理準備，所以很煩。

「久等了，抱歉啦。」

老師雙手端著裝了咖啡的紙杯出現。

「喝黑咖啡沒問題吧？想加或砂糖的話就自取吧。」

她以下巴示意的方向放著奶精與條狀糖包。而且都還裝在大袋子內，從這裡也可以看得出她的個性。

「那麼老師找我有什麼事情？」

我開門見山地詢問，

「別這麼著急嘛。先聊個幾句再進入正題也好啊。」

老師隨即苦笑著岔開話題。對，我就是討厭她的這一點。

「首先是芝多那件事，你似乎各方面都很辛苦呢。」

嘴上說要閒聊，結果老師一開口就是麻煩的話題。

「還好……我其實沒做什麼。」

「是嗎？聽橋場說，風波似乎鬧得有點大呢。」

這句話聽得我緊咬牙根。

那件事情我之前就聽說，橋場為了解決芝多鬧出的跟蹤狂風波而四處奔走。

我不知道事情有多嚴重，但本來就與我無關。老師說，芝多的異常舉止可能與我的言行有關。但我只是說出事實而已，這樣也要怪到我頭上，我哪受得了。

可是表面上變成我捅出婁子，橋場幫忙擦屁股。實在很不爽。即使我非常不爽，現在罵出來卻也無濟於事。

所以，

「抱歉。」

就算不情願，我還是選擇先道歉。

「不，反正這件事和你沒有直接關係。畢竟他曾經是你的團隊成員，我只是以為你會有什麼想法。」

算了吧，我都快忘了他這個人。

「那麼沒事了嗎？老師找我來就為了這件事吧？」

我正想加快進度，老師卻語出驚人。

「話題先別急著結束。因為正題剛好與這件事情有關。」

「啊？」

到底是什麼意思？老師剛才不是說過，和我沒有直接關係嗎。

「九路田，你身為製作助理的能力非常強大。」

「不敢當。老師怎麼突然誇獎我？」

「不過呢，考慮到年齡與經驗，實在太過禁慾主義了。這樣會導致團隊成員難以適應，也會釀成乏多這樣的悲劇。」

「拜託，有什麼關係。這裡可是藝大耶？大家是為了學習創作才齊聚一堂，本來就不該抱持天真的幻想。說了又怎樣，聽到幾句話就玻璃心碎滿地的人，最好識相點趕快滾啦。何況我們還是大一新生時，老師說過的話不就包含這些了嗎。」

「哈，你還真是一針見血呢。沒錯，你說得對。」

老師發出獨特的咯咯笑聲。

「不過見不賢而內自省也是學習的一環。不是所有人來到此地的決心都那麼堅定。不覺得見到這些能力不行的同學，對今後的人生有幫助嗎？」

「省省吧，我根本不會跟這種人共事。」

「哦，口氣真大。不過像你這種倔脾氣的人，當總監的成功率比較高。」

真讓人火大。

老師從剛才就不斷拋出麻煩的話題。還不肯正面回答我的回應，而是四兩撥千斤地轉移話題。

「所以說，老師希望我收斂嗎？」

「如果你願意的話，我的日常工作就會少一些啊。問題學生愈少，大學教授就當得愈輕鬆。」

「果然希望我收斂嘛。」

「不，我不是這個意思。教授當得太輕鬆就沒意思了，我才不幹。沒有像你這種刺頭，每天都會很平淡，沒意思。」

到底是怎樣啊。

我開始有點不爽了。

「還是希望我收斂吧？不然老師何必找我來一趟。」

「不，說過好幾次了，我不是這個意思。只要你沒有直接傷害他人，或是與製作過程無關的個人攻擊，我不打算挑你這個毛病。」

「那老師到底想說什麼啊！剛才講這麼多吐槽了半天，還以為要勸我改掉或是收斂，結果又說不是。拜託老師解釋清楚，到底要我怎麼樣啦！」

老師轉移話題轉得太過分，讓我忍不住嗆聲。反正又不足以受罰，沒差。

「別這麼生氣嘛。我沒說你的行為有問題啊，真要說的話，是根源的問題。」

「什麼意思啊。」

只要行為沒有出差錯，不就沒問題了嗎。

「我想問的是你的行為原理啊，九路田。」

「行為……原理？」

老師點頭說了聲「對」。

「我一直猜想，你的行為原理可能源自某種麻煩又難以應付的心態吧。」

「…………」

我一口氣喝光了剛才一口都沒碰的咖啡。

沒加奶精也沒加砂糖的咖啡特別苦。而且溫溫的，一點都不好喝。

不過原因是我渴的不得了。剛才一口氣說了一串話，而且老師說的話多少戳中了痛處，導致我更加口渴。

話說我剛才氣到開嗆，就是徹底的失態。我應該保持冷靜，避免老師抓住把柄，實問虛答才對。

老師這隻老狐狸，剛才是刻意引誘我生氣的。

現在我後悔得要死。

房間的時鐘發出喀噠喀噠的響亮聲音。

「老師怎麼會這麼想？」

聽到我好不容易擠出的話，老師嘴角一咧笑了笑，

「那麼就進入你期待的正題吧。」

如今我確定。

我果然很怕她。

◇

轉乘地鐵在大阪港站下車後，走一小段距離便見到目標地點。

「呼～終於抵達了。」

「從藝大前往市區很遠呢，而且這裡還位於角落。」

其實也可以開車來，但路上很明顯壅塞，所以我們選擇搭電車。實際上每間停車場都客滿，代表我們的判斷似乎沒錯。

「話說這棟建築物真壯觀呢。」

呈現藍色與紅色，給人深刻印象的建築物顯然比四周更突出。

在志野亞貴的拜託下，我從記憶深處四處搜尋大阪附近的約會景點。結果鎖定在這處無可非議又有名的地方。

「我是第一次來海遊館呢。恭也同學你呢？」

「噢，嗯，我也是第一次。」

以這個時代的我而言，是第一次沒錯。

原本時代的我當成約會景點，去過好幾次，也曾經獨自前來。因為有些海洋生物只有這裡才看得到，來過的遊客幾乎都會再來，對整座館都十分滿足。

「原來是這樣。恭也同學的老家在這裡，我原以為你會常來。」

「雖然王寺距離大阪很近，其實位於奈良縣啦。」

但如果中學時期的我更懂得經營人際關係，應該會經常與朋友前來。

總之現在的我必須盡可能表現出自己第一次來。如此心想的同時，我們在位於三樓的售票口排隊。

「哦，結構真是有趣呢。要先爬上八樓，然後再一層樓一層樓往下。」

「是很奇怪。因為水槽很大的關係吧。」

其實進入內部便明白。即使是同一座水槽，也可以從不同地點，像是水面或水中觀賞。但我不知道是不是原本就這樣設計。

購買門票後，我們搭乘電扶梯上樓。

「真是期待呢。」

「對呀。」

對約會這兩個字有些緊張，我稍微心不在焉。不過來到現場後，我便逐漸開始期待。

*

確認恭也與志野亞貴先行離去後，我們也決定進入。

「兩、兩張學生票！」

「多少錢？」

貫之伸手掏錢包，從身後開口問我。

「咦，不用了啦。是我硬拉你來的，我請你吧。」

「沒關係啦，反正我也想看魚。」

然後他半硬塞給我門票錢。

「原來你對魚有興趣啊。」

「與其說有興趣，因為以前在見不到海的地方長大啊。我滿喜歡海的。」

「哦……原來如此。」

其實我家不遠處就有大得像海一樣的湖，所以不太清楚。

「妳老家旁邊不是就有海嗎……哎呀不對，不好意思咕噢！」

「我就知道你會這麼說！」

我朝貫之的心窩賞了一記手刀。

搭乘超長的電扶梯，我們前往頂樓。由於沒什麼事情可做，自然會與對方聊天。

原來如此，這裡的確適合當約會景點。

「話說該怎麼辦？要像偵探一樣從柱子後方跟在他們後面嗎？」

只不過跟在身邊的人是他……

「也只能這樣吧。反正水族館內很陰暗，而且我們還喬裝過，即使靠近一點應該也不會穿幫！」

沒錯，因為今天瞞著志野亞貴與恭也前來，我們穿的服裝與平時不一樣。

「喬裝啊……勉強算是吧。」

其實只戴了墨鏡、口罩與帽子而已。

「我反而擔心會不會受到懷疑呢。」

貫之一直表達疑惑。

話說我也懷疑自己到底在做什麼。懷疑歸懷疑，可是當時我實在坐立難安。

「就算妳聽到他們的對話內容，之後要怎麼辦？」

「唔……聽到之後再思考！」

「原來妳之前沒想過喔！好歹先思考再行動吧，真是的！」

有什麼辦法，因為這一趟行程是出於反射動作嘛！不過這句話太丟臉了，我不敢開口……

在我們聊天之際，電扶梯抵達最頂樓。

「來，走吧！得先確認他們兩人的位置才行！」

「好啦……」

肯定當不了偵探的我們兩人，就這樣大方發出聲音，同時追上恭也他們。

◇

「前幾天我和你的父親見過面了。」

隔了一段時間後，老師突然單刀直入開口。

「拜託，一開始就提這件事啊。真受不了。」

我在內心咋舌。

「工作上的關係，無論如何都會見面。令尊很禮貌地告訴我，孝美就拜託我照顧了。」

我假惺惺地深深嘆了一口氣。

「反正他心中肯定根本沒有這種想法。老爸一直以為只要出錢，我就會自己長大。」

「至少在我眼中，你父親還是很擔心你的。」

「畢竟他還有點演技啊，原本是演員嘛。」

「是嗎，已經退休超過十年了啊。時間過得真快。」

老師抬頭仰望天花板，輕輕嘆了一口氣。

九路田祥一，在大型電影發行公司，東邦電影擔任製作人，目前依然活躍。他原本是演員，演技不怎麼樣，卻善於處事又懂得開創人脈。因此中途換跑道後出人頭地。

當演員的時候，與透過工作認識的雜誌記者結婚，生了一個兒子。

這個兒子。

「就是我。」

老師默默地點頭。

「九路田，老師認為。」

出乎意料，老師的眼神中絲毫沒有冷嘲熱諷之意。而且看得出來，很明顯在關心我。

「你的作風如此排外，追求理想至極限，該不會是想報復令尊吧。」

「報復老爸，是嗎。」

我誇張地嘆了一口氣。

「是老爸開啟找藝人或演員幫歐美電影配音的先河。也是他專找與電影毫無關係的名人來宣傳。」

「發行公司十分稱讚他，說他這位製作人能保證話題熱度。另一方面，電影粉絲卻罵他罵到臭頭。」

「沒錯。」

「你怎麼看？」

「我覺得那種做法很垃圾。」

老師聽了哈哈一笑。

「他只會靠人脈走後門搶工作，根本不管內容。靠無聊的雙關語，或是牽強附會的內容製作宣傳影片。引發話題後再藉機宣傳，他不是靠引人發笑爭取工作，而是故意耍蠢給人笑。」

默默盯著我的老師，一直聽我的敘述。

「家庭也搞得一團糟。出軌是常態，天天應酬喝酒。一旦母親抱怨，他就幾乎不回家。他這個父親實在是爛透了。」

「原來如此。聽你這麼說，難怪你這麼討厭你父親。」

老師用力點了點頭。

「不過很可惜，老師。」

可是我反駁，

「不是這樣的。如果老師以為我因為這種淺薄的原因才變成這樣，那也太沒禮貌了。」

聽得老師的表情抽動。

「哦……？」

然後老師做出洗耳恭聽的姿勢。

「他的確差勁透頂。可是一切行為都是身為製作人，為了提升自己的工作成果。他從未亂花錢而負債累累，也未曾因為地下交易而遭到警方逮捕。」

老爸的確參加過不少飲酒會，卻幾乎沒喝醉過。即使與女性傳出緋聞，也像是為了在選角上爭取優勢，才鎖定具備影響力的人。

「我一點也不喜歡他這種老派製作人的風格，可是他拿得出數據。他有能力這一點無庸置疑。」

在嘴裡含了一口咖啡後，老師咧嘴露出笑容。

「那你究竟是面對誰而創作？誰又是你的敵人？」

「很簡單啊。」

我深深嘆了一口氣。

「大眾啊。其實我很討厭大眾，知道嗎。老爸製作的無聊玩意，他們居然看得津津有味。隨波逐流又人云亦云，明明膽小無知卻排外。」

聽得老師哈哈大笑。

老師一臉愉快地看著我，

「你的口氣還真大啊。」

然後視線緊盯著我，彷彿叫我繼續說。

「我想創作優秀的作品。真正的好作品足以輾壓那些頂多只能吸睛，引人注目的無聊玩意。這是我從中學時期就一直奉為圭臬的信念。」

一開始我的目標是成為漫畫家，國高中時期我加入電影研究社。可是社團裡全都是只會出一張嘴的廢物，沒有人願意創作。

於是我拚命吸收知識，為了以理論吊打學習技術，立志當導演或演員的人。一切都是為了報復讓我感到絕望的無聊大眾。

「不過這種情緒的確既麻煩又惹人厭。也難怪老師會在意，並且開口提醒我。」

現在回想起來，這種想法聽起來中二病到極點，難怪會遭到嘲笑。

我以為老師會像剛才一樣笑我。

不過這一次，

「——是嗎。」

老師沒有笑出來。

「所以你才來唸藝大。因為聚集在這裡的人都不是你眼中的大眾。換句話說，可以找到和自己差不多的人創作作品——你是這麼想的吧。」

「嗯，沒錯。」

即使上高中還碰不到，進了大學總該有想法不一樣的人吧。我原本是這麼想的。所以填志願的時候挑了有正規影傳系的大學。最後選擇個性豐富的人有可能聚集的大藝大，順利考上。

至少這樣應該可以解決人才的問題。

我當時這麼想。並且如此相信。

◇

好久沒有來海遊館，發現這裡比我想像中更不得了。

由大型壓克力組成的巨大水槽充滿魄力，眾多稀奇又美麗的生物在水槽中暢泳。在我注視小魚組成的魚群，以及受到魔鬼魚的巨大身軀吸引目光時，時間不斷流逝。光是盯著湛藍色搖晃的水波，轉眼間就消耗了十分鐘，甚至二十分鐘。

一開始我以為會更無聊，結果大錯特錯。

如今我才發現這裡的魅力。

（畢竟這也是一種娛樂的方式啊。）

從上層逐漸往下層移動的設計也是一樣。不只讓遊客駐足觀賞，同時也引導遊客往前走。這種方法對今後的影視效果應該也有幫助。

然後主角終於登場。

「哇～好大喔。」

志野亞貴發出驚呼。

在水槽內特別顯眼的大型生物中，有條巨大的魚悠哉地游泳。

「這就是鯨鯊嗎。」

這條魚非常有名，號稱來此地必看，堪稱海遊館的明星。

當時光是這麼大的魚在水槽內游泳，似乎就掀起不小的話題。當然現在看起來依然很有魄力。

「真是漂亮。在藍色光芒照耀下，閃閃發光呢～」

一臉陶醉的志野亞貴注視仿造海洋設計的水槽。

我一邊回應『是啊』，同時不由自主看著她的側顏。

專注地看著眼前光景的她，感覺不符合她的年紀。她看起來遠比年紀幼小，就像天真的少女一樣。

但是她在特定領域內具備的技術，在相同年齡層內可能已經顛峰造極。她以驚人的品質繪製數量驚人的圖，而且還想要更進一步。

外表如此年幼，內在卻這麼可怕。貫之以怪物形容兩者的對比。

（她的強大究竟隱藏在何處呢。）

前幾天回到共享住宅的路上，我再次思考過這個問題。即使無從得知問題的答案，不知道今後有沒有機會知道。

＊

志野亞貴與恭也在水槽前方依偎在一起，似乎一直小聲聊天。雖然我聽不見內容，

「氣氛似乎不錯耶！」

卻有這種感覺。

「是妳多心了吧。在家裡也會那樣聊天啊。」

「不，該怎麼說呢……感覺志野亞貴稍微敞開了內心。和平常的她似乎不太一樣。」

「就說是妳多心了啦。」

貫之只會說我多心。也對啦，若不是我在意，也不至於任何對話都覺得像在談情

說愛。

可是我明白。我就是明白。

即使恭也沒有向志野亞貴明確表達感情，志野亞貴卻對恭也……有種極為接近喜歡的好感。

（會不會找機會說出口呢。）

在這種氣氛中，總覺得隨時都有可能表白。

「天啊～真是的，該怎麼辦啊。這樣我就不知道該怎麼辦才好了嘛～！」

「拜託，我剛才就問妳究竟有沒有在動腦筋了！我可要趁妳闖禍之前先溜了，別鬧了好嗎。」

「拜託！可以不要一口咬定我會做奇怪的事情好嗎!?」

「已經很有可能了吧！」

「可是我就是在意嘛。欸，再靠近一點，到能聽見談話內容的地方吧！」

「拜託別這樣！哪有躲起來偷聽別人說話的，後果我可不負責喔！」

＊

志野亞貴忽然轉頭望向我。

「怎麼了嗎？為何一直盯著我瞧？」

她的笑容還是一樣柔和。

「志野亞貴，妳喜歡海嗎？」

「嗯……其實那邊有很多大海呢。」

那邊應該是指她的出身地，福岡吧。

「對了，志野亞貴好像相當重視老家呢。」

雖然是根據她喜歡的故鄉口味泡麵與方言。

如果不是留戀故鄉，應該都不會接觸這兩者。

「嗯……也對。」

志野亞貴的回答有些寂靜。

「抱歉，我問了奇怪的問題嗎。」

「沒有喔。只是想起一些往事而已。」

她的表情還是一樣婉約又溫柔。

以前志野亞貴提過她在老家的情況。日常生活老是凸槌，學業成績不佳，也不擅長運動。其中她唯一擅長的就是畫畫。

該不會她在老家幾乎沒有好的回憶吧，我心想。若是這樣，那或許最好別再聊下去。

「話說志野亞貴。」

試圖改變話題的我，以開朗的語調開口。

不過她，

「我有事情要告訴恭也同學。」

在柔和的表情中下定決心。

「告訴我……？」

然後她默默地點頭。

*

「哇，要說了，要說了啦！欸！」

「很吵耶！要是他們聽見該怎麼辦，安靜一點啦！」

「可是這絕對是要表白嘛！哎～真是的，志野亞貴果然也有這個想法嗎～雖然早就知道了，真是的～！」

「總之妳安靜一點，免得自曝行蹤啦！」

「不用你說我也知道……咦，奇怪？」

「怎麼了？」

「不覺得氣氛有點不一樣嗎？」

「啊？」

*

有什麼話題要在這種場合再次提及呢。也許只是我誤以為沒有，實際上她一直放在心裡吧。

我等待她的下一句話。不久後，她緩緩開口說出的是，

「我之前畫了很多畫喔。」

志野亞貴喃喃地說。

「幫九路田團隊的作品畫的嗎？」

「嗯。」

照理說那是相當龐大的工作，可是從她沉靜的表情，看不出工作的辛苦。

不過正因為表情沉靜，「很多」這兩個字才分量十足。

「以前我曾經失去畫畫的動力，不知道為何而畫。可是拋開一切想法，畫了許多畫之後，我才想起來。」

魔鬼魚的巨大魚鰭在我面前輕輕晃動。水跟著流動，產生泡泡。

我感覺自己心臟猛烈跳動。

「想起當初我走上畫畫這條路的時候。」

四周的氣氛跟著緊繃。

她散發的氣氛還是和平常一樣柔軟又溫和。連表情都與平時無異。

但是這毫無疑問，是我首次體驗的空間。

◇

來到藝大後，我做的第一件事情應該就是尋找同伴。尋找和我有相同意識，並且行動的人。我從新生訓練的時候就到處尋找，照理說肯定有這種人。

一開始我看上的是河瀨川英子。她雖然腦筋聰明又有知識，最大的瓶頸卻是領域和我重疊。後來我也覺得鹿野寺貫之是不錯的人才，但他腦筋頑固，感覺很麻煩。我心想之後再找他們也無妨，於是從候選名單中剔除。

結果我沒在時間內找到像樣的組員，隨便找了個還有名額的團隊加入。

等待我的是與高中相同的絕望。不，現在反而因為理論大於實際，情況比以前更麻煩。

有人光顧著耍帥，明明看不懂卻老是看塔可夫斯基的作品。也有人過度奉行娛樂至上主義，反而行事粗魯。也有人單純覺得藝大很帥就跑來念，全都是一群蠢蛋。見到組員的第一面，我就失望透頂。於是我隨便唬爛：「興趣是音樂，對影傳沒興趣。如果決定要做什麼就一起做吧，請多指教。」決定徹底當個旁觀者。

我利用第一次製作的機會觀察他人。觀察某人怎麼行動，怎麼說話。再模擬如果讓他放手去做，會有什麼結果，以此觀察集團的動靜。得知可以將組員分為幾種類型後，我思考該如何應對每個人，轉眼間製作便告一段落。

然後到了三分鐘影片的放映會。我當初預料，有河瀨川的團隊應該會推出不錯的作品。

結果卻大大出乎我的意料。

鹿苑寺所在的團隊居然拿出結構奇特的影片。靜止畫面與影片以巧妙的平衡組合而成，完全不像其他團隊的作品。可以說因為放映時間限制在三分鐘，才能使用這一招。或許不算最佳解，卻足以讓人點頭稱讚。

一開始我以為出自鹿苑寺的手筆。他應該看過不少電影，所以才會巧妙地沿用無聲電影或實驗性電影的構想。

但實際上並非如此。他們團隊大概有個腦筋很好的製作人。他不僅拯救了差點停拍的危機，還巧妙地在原本可能平凡無奇的作品上賦予個性。我急忙調查後，發現是不認識的人。在上課中也不太顯眼，毫無特點可言。

橋場恭也。

這讓我高興不已。眼看大學四年有可能無聊的要死，結果我找到了勢均力敵的對手。

可是即使突然找他，直接告知我的目的，他也會以為我發神經。所以我決定設法讓他主動接近我。

我要在製作上比他更顯眼。然後找機會向他開口，照理說會產生相當有趣的反應。

所以在下學期的製作團隊中，我同時嘗試做實驗。刻意講話很難聽，以刺激團隊成員，但是其他事情又滴水不漏，堵住批評的聲音。同時我也在測試，一群完全隨機聚集的人究竟能做出什麼樣的作品。

結果大致上不出我所料。缺乏打磨的部分只能視為不拘小節的魅力，作品的上限不過爾爾。我如實告知眾人後，這群人似乎毫無上進心，反對我的意見導致團隊分裂。

但這讓我明白，我肯定擁有製作的才能。我的力量足以領導他人，指引對方創作。只要遇到好的創作者，的確有機會出現佳作。

有了自信後，我摸索下一部作品的製作，這時候我遇見了志野亞貴。由於她和橋場有關係，我認為機不可失，於是採取行動。

「這就是我之前的所有行動。」

老師始終保持沉默，認真地聽我說。

等我說完後，

「那你明白了什麼嗎？」

同時僅問了這個問題。

「要與真正的創作者共事，我自己必須更上一層樓。而且不是單純搞定工作而已，要拿出足以讓人無話可說的成績與數字。我需要的是這些。」

實際上做出好作品後，就有人加以讚揚。盛戶就發現了我的實力。橋場最後將志野交給我，也是因為我的確拿出好作品，其他都是多餘的。在這一行內，光會打嘴砲根本沒用。

「所以我要拿出足以輾壓別人的作品，讓別人永遠追不上。不只高品質，還能當成商品銷售。只要我成為專門製作這種作品的人，就能避免任何人嘴砲『不拿出作品來怎麼知道』。讓人挑不出任何毛病，這才是我的理想。」

說完後，我深深吁了一口氣。

老師跟著拍拍手，

「哈哈，說得好。想不到你已經完全明白了製作需要什麼。」

說到這裡，老師用力點點頭。

「不錯，九路田。你繼續保持下去，儘管提升自己吧。」

「當然，我從一開始就這麼想。」

◇

志野亞貴的母親已經不在人世。

聽說她是非常溫柔，又有包容力的人。志野亞貴說，她受到母親很深的影響。

「以前我不論做什麼，都跟在媽媽的後方。媽媽就是這麼能幹。」

根據志野亞貴的說法，她的母親似乎無所不能。不論家事、人際關係，連運動神經都出類拔萃。其中畫技特別優秀，以前甚至還從事這方面的工作。

「那時候我經常和媽媽一起畫畫呢。真是開心。」

志野亞貴、母親、父親和弟弟，家族四人的生活非常幸福。

不過在她唸小學高年級時，母親臥病在床，最後藥石罔效下靜靜離開了人世。

「家人都很愛媽媽，所以還希望維繫與媽媽的感情。我也是這麼想的，所以……」

「獨自走上畫畫這條路嗎。」

志野亞貴緩緩點了點頭。

「我在家裡畫畫，爸爸和弟弟都非常開心地在一旁觀賞。如此一來，我就覺得媽媽似乎還在身邊，感到很高興。」

她透過畫畫與母親對話。我當然不知道其中究竟有什麼情感，但應該相當窩心吧。

升學的時候，志野亞貴首先就選擇了學習繪畫。

「不過念書之後，就逐漸不知道樂趣在哪裡了。而且還得學習素描等專門知識。加上我一直覺得，畫畫是和媽媽一起畫的，並未覺得屬於自己。」

進入大學後，她想將畫畫當成興趣。所以她報考影傳系，依照當初的想法，基於興趣畫畫。

但是出乎意料的相遇，讓她與畫畫產生了連結。

就是遇見我，遇見北山團隊的成員，以及這次參加九路田的團隊。

追求志野亞貴作品的環境應運而生，她心中的想法也逐漸改變。

「開始和大家一起創作後，雖然其他人也同樣創作，思考許多事情，卻是為了自己而努力。我認為這樣非常了不起，很開心，所以自己同樣也想加油。」

於是，志野亞貴學會了基於與之前不一樣的原因畫畫。

「有生以來，我第一次為了自己而畫畫。感覺非常新鮮又緊張刺激。我很自然地心想，希望再多畫一點。」

說到這裡，志野亞貴才吁了一口氣。

「恭也同學提供了我這個機會，我想趁兩人獨處的時候告訴你。所以才以約會的名義約你出來。畢竟這件情有點沉重，不好意思告訴大家。」

我現在才明白，當初她為何會這麼說。

「有造成你的麻煩嗎……？」

「不會，完全沒有。」

其實我很高興。

她有一段難過的回憶。所以她利用畫畫療癒內心。畫畫原本不只屬於她一個人。不過如今，畫畫已經變成屬於她自己的事物，為了自己而畫畫。如此尋常的事情，對她而言卻是難以取代的事物。

志野亞貴藉由畫畫，證明自己的存在。

這應該是她堅定不移的想法。畢竟基礎上，她的繪畫與創作已經達到與我們不同的層次。

「志野亞貴，這個……」

「嗯？」

一邊思考該說什麼，我抬頭仰望。照明不多，燈光偏暗的天花板很適合組織話語。

然後，我說出口的話非常單純。

「謝謝妳。」

聽得志野亞貴噗哧一笑。

「怎麼突然這麼說呢，恭也同學～」

她已經恢復平時的表情。

如今我才想起，故事常見的固定套路。

號稱最強的怪物級角色，背後肯定都有一段過去。

而怪物會不斷奮鬥，以克服自己的過去。

＊

「嗚嗚～～太好了，志野亞貴……」

我從剛才就聽得淚眼汪汪，停不下來。

「妳真的很吵耶，從剛才就一直鬼叫個不停。」

身後的貫之始終一臉錯愕的表情。這也不能怪他，因為我偷聽他們的對話，還自己感動得不要不要的。

「聽到這種故事怎麼能不哭嘛。志野亞貴她終於找到了想做的事情耶。而且她還說，是因為與我們共同創作才找到的，聽得我好感動……」

「也是啦。」

我看得出來，連始終錯愕的貫之都有些眼眶泛紅。不過現在吐槽他太不識相了，我決定不提這件事。

「欸，貫之。」

「嗯？」

「我覺得聽到她這麼說，真的太好了。」

貫之一臉苦笑，

「是啊。剛才的故事對妳我今後要走的路而言，都有正面意義。」

「……嗯。」

我坦率地點點頭。

之前他問過我，究竟為了什麼而創作。老實說，我很難回答這個問題。

不過聽到志野亞貴的故事後，我心想。

為了自己當然也是原因之一。不過身邊有同樣一起努力的夥伴，我才能堅持創作這條路。

「能全心全意專注在創作上，是一件幸福的事情。我差點忘了這個道理呢。」

「嗯，是啊。」

正因為貫之也是這樣，這句話才特別有實感。

「啊，話說回來。」

「怎麼了，還有什麼事？」

對於貫之的回答，我噘起嘴表達不滿，

「沒有啦，只是覺得兩件事情不能混為一談。」

「到底是什麼事啊。」

「就是她和恭也開心地約會啊！總覺得氣氛一直很好，連剛才的話題結束後，恭也的表情也始終茫然。那肯定是對志野亞貴有點另眼相看了！欸，難道你不這麼想嗎？」

「……妳真的很強耶，我說真的。」

◇

即使我講了一堆煩人的往事，老師的臉上依然保持微笑。

難道她早就料到情況會這樣發展嗎。說真的，的確有可能。

反正又不是無法向任何人透露的祕密，說完我也不覺得後悔。

不過我甚至沒向團隊成員說過這些心裡話與過去，所以我也做了心理準備。這是宣戰。

我要贏。贏過他，向老師證明自己。

或許這才是眼前的聰明大姐尚未完全參透的事情。

「我要打倒他。」

老師沒有問我要打倒誰。多半早就知道了吧。

「打倒老師器重的橋場恭也。」

不過我還是特地說出他的名字。

「呵。」

該說果不其然嗎，老師哼笑了一聲。

「他又不是我一手栽培的，甚至連徒弟都不算。」

「但是老師的確器重他。不論在製作上，或是他這個人。」

「嗯，他的確是個很有趣的人才。」

老師一口氣喝光照理說已經涼掉的咖啡。

「我先聲明，他可不容易對付喔。」

「對，我一直覺得他和老師一樣難纏。」

最後老師打從內心暢快地大笑。

◇

我和志野亞貴離開海遊館後，隨即步行前往一旁的購物中心。其實我們不打算買東西，而是純粹享受閒逛店內。

「好久沒有這麼悠哉了呢～」

坐在長凳上的志野亞貴，雙腳不停晃動。她似乎充分放鬆心情，對我露出柔和的笑容。

「畢竟之前一直畫畫啊。真的辛苦了。」

「很累呢～不過畫得很開心，所以並不辛苦喔。」

肯定是這樣沒錯。

聽到她剛才說的往事後，我自然地認同這句話。

「謝謝你，恭也同學。」

志野亞貴突然向我道謝。

「怎麼突然道謝呢。」

「因為你明明很忙，卻絲毫沒有抱怨，帶我來到這裡啊？所以我覺得，應該至少向你道謝。」

「其實我自己也想來，沒關係啦。」

我如此回答後，志野亞貴呵呵一笑。

「之前一直讓恭也同學你擔心了呢。」

「沒有啦。」

其實這並非實話，我一直擔心她的情況。

照理來說是這樣，可是聽到她的『表白』後，我感覺內心大受震撼，差點流下眼淚。

（我必須做好心理準備。）

所謂背負人生，將大家拉上舞臺，意指我得一肩扛起這些。

正因為有這份覺悟，我才會回到過去。

（其實我已經做好了。）

我是壞人，讓對手掌握怪物的指揮權。我必須變得更強才行，強到足以吞噬怪物的悲傷。

「啊，我想起一件事情。」

志野亞貴忽然開口。

「剛才提起往事後，我突然想到。」

「嗯，想到什麼？」

她露出期待的表情看著我。

「恭也同學接下來要做什麼呢？我心想差不多可以透露了吧。」

我接下來要做什麼，是嗎。

未來的首要目標已經決定了。我想和自己心目中最強的三人，一起創作那款遊戲。這是我的心願。

可是我目前缺乏心理準備，不認為自己可以輕易掛在嘴上。我覺得自己還沒有這麼說的資格。

所以，

「抱歉，我可以等一段時間再說嗎。」

我再度選擇擱置。

「是嗎，那我就期待你開口的那一天囉～」

志野亞貴也點點頭，話題到此結束。

為什麼我會想創作呢。

我操縱他人，玩賣弄小聰明的計謀，但依然希望貫徹自我。即使我心知肚明，依然對自己厭惡到快吐出來。

其實我也想問九路田同樣的問題。他肯定擁有堅強的信念，才會有那種舉止與行為。而且因為他的態度不動如山，才顯得他更堅定。

或許我缺乏信念深處的基礎，才顯得半吊子。

「志野亞貴。」

「嗯？什麼事？」

「差不多該回去了。」

志野亞貴對我露出既溫柔，又充滿慈愛的笑容。與當初我們相遇的時候絲毫沒變，

「對呀，回去吧。」

說完後，輕巧地站起身。

我再一次向邁開輕巧步伐的嬌小身軀表達感謝之意。

（謝謝妳，志野亞貴。）

她的身體最深處潛藏著穩固的根基。我的使命就是呵護根基，並且有朝一日讓她開花結果。

緊緊握住拳頭，我以她聽不見的聲音小聲嘀咕。

「今後多多指教啊，志野亞貴。」

◇

搭乘近鐵電車在喜志站下車後，我決定順道去別的地方。

「我想找些資料，妳先回去吧。」

「嗯，知道了。我會先問大家晚餐要吃什麼喔～」

志野亞貴與平時絲毫沒變，向我揮揮手道別，然後乘坐公車回到共享住宅。

然後我走進位於車站前的書店。雖然專門書籍比大學內的書店略少，不過我喜歡店內排放的粉絲向書籍。所以每次出門後回來，我都會順道逛一逛。

其實我沒有要買什麼。不過我覺得，充滿各種資訊的書店很適合思考事情。現在正好是我需要思考，以及整理思緒的時間。

我來到影傳專門書籍區，盯著書架上陳列的書背。想到有這麼多書本分門別類，代表有這麼多專家，我才認知到自己還在入門階段之前徘徊。

（我必須贏過他，前往下一個階段才行。）

仔細想想，九路田這個人很有趣。之前遇見的同年齡層人即使想法有差異，但我都想和他們相互砥礪。

可是他卻不一樣。他是我身為製作人追求的類型，即使我對他感到敬意，但我們兩人絕對不可能彼此切磋。

必須靠打倒對方，彼此才能獲得經驗值，賺取積分往前進。

即使無從得知，但我總覺得他也是這樣看待我的。

★

離開學校後抵達車站，我總覺得不想直接去搭電車，於是走進書店。

這間店的專門書籍不夠齊全，卻精準地進了不少我想要的書，所以我經常逛這間店。

今天我沒什麼事。但是我想整理一下思緒，於是我決定跳過雜誌區，隨便看幾本影傳相關書籍。

（橋場恭也，是嗎。）

我原本就不是來藝大交朋友的，所以觀察同學的角度並不是合不合得來。但是我的確覺得和某人不合，這個人就是橋場。

即使他的製作方法和我不一樣，卻依然留下成果。我一直認為他是我必須打敗的明確目標，堪稱理想中的假想敵。

只要打敗他，獲得的經驗值堪比中頭目，還包括進入下一階段的優先權。正因為我隱約有這種感覺，才會一反常態提出賭注。

我不知道他怎麼想的，但他應該和我有類似的想法。

☆

我找到一本頗感興趣的書，於是從書架上取下來瀏覽。

其實技術方面的知識不需要太深入。雖然只要記起來當知識即可，但如果具備實踐等級的技術，碰到狀況時還可以代勞。

我猜九路田也會仔細地吸收這些知識。

如果要帶領團隊，必須以理論和數據讓成員信服才行。否則光靠打嘴砲很沒說服力。

連我都會這麼想，跑到書店尋覓情報，因此我確信他肯定也有相同的舉動。

（比方說，仔細閱讀這個書架上的書……）

在我瀏覽書中內容時，發現視線角落出現人影。我望向該處，心想是不是認識的人。

與對方四目相接後。

居然是九路田。

我們彼此並未交談。甚至沒有笑，也沒瞪人，而是仔細確認對方。

剛才我正好想到他。所以我心想，在這裡碰面其實算是必然吧。

「嗨。」

「噢。」

彼此簡短打招呼後，我將書架前方讓給他。

我拿著瞄到剛才的剪輯技術書籍，準備去櫃檯結帳。與他擦身而過之際，他向我開口。

「我們會贏的。」

聽得我有些驚訝，略為回過頭去。我心想，原來他會這麼說啊。

「不，贏的人會是我們。」

我也說出平時不會說的話，隨即離去。

我不知道這是不是他追求的目標，我也沒確認他的背影。但我總覺得九路田看起來在笑。

公開日期已經迫在眉睫。

第三章　忙個不停，吵吵鬧鬧

十一月。今年同樣照例舉辦大藝大名產・學園祭。

每一輛從車站到大學的接駁公車都擠滿了人。即使事先宣導過沒有停車場，依然徒勞無功，附近的路上停滿了違規車輛。一旦爬上藝坡，等待顧客的是由粗獷聲、尖叫聲、怒吼聲罵人聲嬌滴聲吶喊聲交織而成的混亂局面。

學園祭是從車站下車後開始的。

開往大藝大的公車站位於近鐵喜志站的圓環。手持各種優惠券的學生早就在公車站前方守株待兔。

「這是我們排球社名產，巨大排球燒的五十圓折價券～！」

「顧客要不要試試看占卜呢？這是位於九號館旁邊的占卜館優惠券。只要秀出這張優惠券，七百圓的鑑定費就可以打折至五百圓喔！」

在準備搭乘公車的顧客面前，促銷的學生們排成一列。

重頭戲在學園祭會場。從公車開上斜坡，一抵達十一號館前方的圓環後，隨即上演慘烈的顧客爭奪戰。

「顧客顧客，我們少林寺拳法社的名產，炸雞塊很美味喔！來試吃一塊吧！」

「要不要嘗嘗看電影研究社的海苔包年糕！看，海苔還設計成底片的造型喔！」

「我們是在八號館旁邊擺攤的可麗餅店！由美術系學生在可麗餅上呈現前衛美術！」

「我們是留學生課志願擺攤的，有各國風味的豐富御好燒喔！」

去年我已經體驗過，這些攬客的呼喊聲會從四面八方隨時隨地包夾。由於資訊量過多，最後都聽不懂到底在說什麼。不知不覺中，自己已經在某間攤位買了小吃，或是嘴裡叼著東西。

我們目前正身處於這種戰場。

「哇，拜託，抱歉抱歉，借過一下，借過一下！貫之，你那邊沒問題吧？」

「還可以！啊，抱歉，恭也你先走吧，拜託，喂！」

「貫之～！我在舊二餐前面等你～！」

在眾多攤位林立中，我和貫之兩人雙手提著大型超市提袋，穿梭在人山人海中。

小路由於活動專門車輛通行等原因禁止進入，我們才被迫在洶湧的人潮中掙扎前進。

「「「非常感謝您的光臨!!!」」」

某間店有三位穿著像天使的女生，一齊向大量採購的顧客道謝。我好不容易脫離人潮，坐在會合地點的舊二餐前方長凳上休息。

「呼～剛才真是擠死人了。人潮好像比去年還多耶。」

扭動脖子發出劈啪聲的貫之，回來後深深吁了一口氣。

「辛苦了。盛況空前其實是好事啊。」

「大概吧。不過照這樣看來，我們很快也會缺貨吧。」

貫之正好抬頭望向美研的 Cosplay 咖啡廳附近，一臉緊繃。

「剛才河瀨川好像已經聯絡過業者了，應該不用擔心採購。」

「如果目前我們手邊的份量能撐下去的話嗎……好，提回去吧。」

我點點頭，然後前往美術系大樓的三樓。

考慮到去年盛況空前，我們美術研究會借到更寬闊的地點，方便設置排隊的導線。多虧執行委員會盡量避免混亂，特地為我們著想，結果卻忙得不可開交。

「想不到上門的顧客多了將近一倍呢。」

「因為評價特別高吧。雖然這是好事。」

去年的女僕咖啡廳似乎在大阪郊區的學園祭相關刊物上介紹過。甚至還補充說明『今年升級成 Cosplay 咖啡廳！』使得去年就座無虛席的咖啡廳，今年從一開始就就排滿了等待入場的顧客。

Comiket 社團似乎也是這樣，原來連學園祭的攤位都能排這麼長的隊伍啊。

「久等啦！我們拿材料回來了！」

走進充當後臺的隔壁教室後，只見室內已經化為戰場。

「柿原～！煎餅可以出了嗎？」

「可以了！啊，樋山，楓糖漿用光了喔！」

「剛才橋場學弟去買了……看，他回來了！」

我急忙從購物袋中掏出糖漿，

「柿原學長，拿去吧！」

「謝啦！」

柿原學長從我手中接過楓糖漿的軟管，使勁繞圈擠在煎餅上。

「啊，是不是應該先放奶油？」

由於已經無法重來，我向學長確認。

「沒關係！之後再放上去就行了！」

「咦，可以嗎？」

「反正吃下去都一樣，端出去吧！」

看起來與樣品圖有一點……不，差異頗大的煎餅就這樣端到前臺店內。

「好，這樣就能撐一段時間了。杉本，桐生學長呢？」

樋山學姊一問，

「咦？學長剛才還在這裡，不過連相機都不見了，大概在店內拍攝……」

杉本學長才說到這裡，樋山學姊便默默走向店內。

不久後，從店內傳出簡短的「呀！」一聲尖叫。應該是桐生學長吧。

「真是的，才稍微不注意，學長就跑到店內去拍攝呢。」

說著杉本學長一臉苦笑。

「去年也是這樣，反正學長本來就不算幫手……」

桐生學長一如外表，虛弱到不行，根本不適合需要體力的工作。

「不，其實去年我已經覺得相當不錯了，但是今年的水準的確很強耶。」

望向店內一眼，貫之佩服地表示。

「那肯定能掀起話題呢。」

我也完全同意。

◇

我到店內一探究竟，發現比後臺還要忙碌。

志野亞貴、奈奈子、齋川以及河瀨川四人輪番上陣，忙進忙出，巧妙地讓人聲鼎沸的店內井井有序。

「讓您久等了，三號顧客請往這邊～！」

負責引導顧客的是齋川。

她今天沒有戴眼鏡，穿著自備的女僕服，以熟練的動作帶領排隊的顧客前往座位。不愧是曾經從事過待客的打工，面對顧客的問題都能有條不紊地回答，十分讓人放心。

（這份工作真適合齋川呢。）

顧客抵達座位後，由奈奈子與志野亞貴分別接受點餐。

「歡迎光臨～！這是菜單，決定好要點什麼之後再麻煩您告知喔！」

「是水果百匯與白湯圓蜜豆吧，明白了。啊，我幫您詢問是否還有白湯圓蜜豆。樋山學姊～現在可以點白湯圓嗎？」

奈奈子打扮成公主騎士，志野亞貴則是和服狐娘。兩人都十分投入自己扮的角色，非常可愛。由於有去年的經驗，與顧客和後臺的溝通也十分順暢。

「不過。」

貫之一臉賊笑，注視另一名服務生。

「今年最值得矚目的，肯定還是她吧。」

我也苦笑著點頭同意。

「這、這個……為您覆誦點餐。您點的是草莓百匯、巧克力可麗餅，煎餅與兩杯紅茶，一杯熱咖啡，以上點餐正確嗎？咦，紅茶是一杯，另一杯加牛奶嗎……不好意思，是牛奶紅茶吧。」

河瀨川英子結結巴巴地覆誦顧客點餐的內容。之前抽籤決定服裝的時候，她居然抽到水手服。結果超級難為情的她在隔了三年後，再度化身為高中女生。

這樣已經夠可愛了。再加上她非常努力&生澀的待客，使她成為目前Cosplay咖啡廳最受歡迎的人。因為雖然沒有舉辦人氣投票，顧客的視線卻明顯聚焦在她身上。

（不過她本人肯定不情願吧。）

若是平時的她，肯定連這種工作都設法俐落地完成。可是穿著不習慣的服裝讓她緊張，加上眾人的視線集中在她身上。才導致她緊張地失常。

「河瀨川～加油喔。」

我一開口鼓勵，她就立刻狠狠瞪著我，對我露出「你給我記住」的表情……她可能相當緊張吧，完全失去了從容。

「呵呵，光是河瀨川Cosplay負責待客就超級珍貴了呢。這可要仔細拍下來啊。」

「要是說得太過分，之後她發飆很可怕喔，貫之。」

不過她本人似乎也還算樂在其中，這倒是好事。

◇

「要是你們再開這種無聊玩笑，我就不幹了！」

所有社員都說「好了啦好了啦」安撫她的情緒。生氣地當然是河瀨川英子，其他人則忙著安慰她。

「欸，可是的確很受歡迎啊。連店外都有顧客聞風而來呢。」

「『Cosplay 咖啡廳好像有勤奮的大學生扮高中生，超級可愛的。』參加學園祭的人都在網路上留下感想呢。」

我和貫之都說，她的裝扮很受歡迎，

「那是因為這些人都有病!!」

結果她以超沒禮貌的回答一刀切。

目前是 Cosplay 咖啡廳的休息時間，我們稱讚服務生初學者河瀨川的表現非常好。結果河瀨川以為我們在輕視她，嘴裡不停發出抗議之詞。男生忙著安慰她，所有女生則笑瞇瞇地目睹這一幕。她本人除了脹紅著臉以外也無計可施，現場氣氛十分歡樂。

「有什麼關係嘛，英子。妳剛才非常努力又手忙腳亂，模樣很可愛啊。」

奈奈子一臉微笑，

「我就是不喜歡這樣!還有幾次弄錯點餐，即使我向顧客道歉，顧客依然表示『沒關係啦，這看起來也很美味』呢!如果顧客明確表示，我還可以立刻更換……」

即使河瀨川抱不平，不過在場除了她以外，應該所有人都心想「不，這樣超賺的」吧。

「河瀨川同學很可愛呢～」

「志野亞貴妳比我可愛五百萬倍啦。我這種人就像稀有動物，在別人眼中很稀奇罷了，肯定馬上就會看膩了。」

「絕對不會！我隨時準備好跳進河瀨川學姊的胸口。只要學姊做好心理準備，就馬上告訴我吧！」

「齋川拜託妳安靜一點。還有臉不要立刻湊過來！」

河瀨川以雙手拒絕一有機會就貼貼的齋川。

「不過這麼一來，應該不用擔心客源了。這次還有影傳系的活動，第一天和第二天姑且不論，總之得先想想第三天要在何時關店。」

我也點頭同意樋山學姊的話。

這一次學園祭，放映會活動將於最後一天，也就是第三天在影傳系的大廳舉辦。相關社員當然會前往會場，因此 Cosplay 咖啡廳在這段期間會以『準備中』為由關閉。

關於時間點的問題。考慮到還得重新穿上已經更換的 Cosplay 服，其實直接關店也無妨。

（對啊，已經剩兩天了呢。）

學園祭總共舉辦三天，意思是距離放映只剩下整整兩天。應該不會有團隊拖到這時候還在製作吧，照理說都幾乎完成，等待公開放映了。

九路田團隊肯定也是這樣。當然我不知道他們作品的內容，但成果肯定相當驚人。

「那等午休結束後，大家就輪班吧。畢竟有人想在校內逛逛呢。」

「沒錯！我想去到處看看～！」

「齋川妹妹是第一次參加學園祭呢。可以使用我的休息時間沒關係，好好享受吧。」

「咦，可以嗎……？」

「當然啊。因為妳從開店就一直努力到現在呢。」

齋川開心地舉起手，示意『我知道了～』。

「還、還有我！我也是第一次參加學園祭，想去拍攝照片～！」

桐生學長笑瞇瞇地拿著相機，舉起手來。樋山學姊卻對學長露出冰冷無比的眼神。

「如果你真的想去也可以，不過等一下我們好好聊聊吧？」

「……不用了，我去做雜務吧。」

嚇得桐生學長瑟縮到不能再更小，躲在房間角落。剛才這句話聽起來，樋山學姊似乎受夠了沒用的學長，才會宣布『你要是再胡鬧，我就要考慮連同今後的事情了』。

（加油啊，桐生學長。）

今後的事情，應該是指學長姊的交往吧。所以我打從心底祈禱學長獲得幸福。

就在樋山學姊強迫桐生學長長進時，後臺響起『叮鈴鈴鈴鈴』的鈴聲。

「啊，休息時間差不多結束了，回去輪班吧。」

聽到樋山學姊的話，房間響起回答聲『好～』，眾人同時起身。

「要輪班的話……齋川妹妹去休息，然後橋場同學和某人去休息吧。欸，有誰想要先休……」

在樋山學姊舉起手，即將說出『息』這個字時，

「我!!我要休息!!!」

有人以雙手抓住樋山學姊的手，以魄力十足的聲音開口。

「可以吧，學姊？」

「好、好啊，沒關係，奈奈子妹妹……」

小暮奈奈子面露微笑點頭後，

「恭也，我們去休息吧。」

轉頭面對我，露出氣氛不太尋常的笑容。

「慢走喔～」

志野亞貴還是老樣子，一臉悠哉地揮揮手。

◇

「呼～自從上一次的旅行之後，都沒有像這樣與恭也你『獨處』呢。」

「噢，嗯，對啊。」

一走出後臺的瞬間，奈奈子就一句話也不說，緊緊握住我的手。當時我略為「啊」了一聲，可是身旁的奈奈子卻露出霸氣十足的表情瞪了我一眼。我只好若無其事地握著他的手，邁開腳步。

「話說，奈奈子，呃……」

問『怎麼了』這個問題實在太危險了。其實我想從無關緊要的對話試探她的真正想法。

我想到的可能性只有一個。所以我希望盡可能避開這個話題，小心翼翼以免踩到她的地雷。設法平穩度過這一關。

我以為自己的回答已經很小心了，

「欸～恭也。」

「什麼事。」

「之前的約會開心嗎?」

結果她突然開門見山地質問，讓我頓時詞窮。

「啊、啊啊啊呃呃呃，這、這個嘛，呃……」

我回想在海遊館參觀的海中生物。照理說應該還記得更多內容，結果志野亞貴那番話的印象太強烈，導致其他事情都模糊不清。

「很、很很很開心啊。有、有條很大的，大魚。鯨鯊，很壯觀。」

慌張之下，我像蠻荒地區的野蠻人，連回答都說不清楚。

「唔～～～～原來很開心啊，太好了。」

結果她對我露出冷淡的視線。

(糟糕，肯定是要提起上次那件事的後續。)

之前志野亞貴突然邀我去約會。以結果而言其實沒有增進男女之間的情感。可是志野亞貴開口時，奈奈子也在現場，而且她還露出誇張的表情目睹這一幕。

(她該不會在生氣吧。)

我戰戰兢兢地偷瞄她的表情，發現她看起來沒在生氣。可是似乎也不高興。

「話說，恭也。」

「是的!」

我忍不住像新兵一樣回答。

「也和我……約會吧，一下下就好。」

「咦？」

不知何時，她原本霸氣十足的表情已經變得十分客氣，而且難為情。

「不行嗎……？」

奈奈子視線朝上，仰望著我。

在這種情況下，我哪敢開口拒絕。

「不會，當然可以，那我們一起逛逛吧。」

奈奈子隨即高興地跳起來，

「太好了！那就趕快走吧，休息時間只有一小時！」

然後她拉著依然牽著我的手，氣勢十足地往外衝。

我順著她拉扯的同時，思考奈奈子的事情。

（雖然她之前說過，目前我可以不用回答。）

不過從她的模樣看來，這終究是最大限度的讓步，

（意思是開口並不算太早嗎……）

包括前幾天發生在我房間的事情，感覺回答的時刻愈來愈逼近。

◇

「哇！外面有這麼多人啊？好厲害喔！」

一直在室內待客的奈奈子，對外頭的人山人海感到驚訝。

「剛才人更多呢。現在人潮稍微沒那麼誇張了。」

理所當然，剛開幕的時候人潮還雜亂無章，所以很容易四處擁擠不堪。相較之下，現在感覺校園各地到處都是人。由於人潮分散，密度顯得降低了些。

「看到人潮這麼多，後天讓人很緊張呢。」

奈奈子說的後天，當然是指放映會。

一般而言，學園祭的精華是攤販與舞臺活動，放映會之類比較不容易吸引人潮……不過這一次在活動前就大量宣傳，本次放映會有Niconico動畫的贊助。因而吸引了相當多的目光。

連站位也算的話，放映會場的大廳可以容納兩百人。在會場內會見到觀眾對自己作品的反應，因此難免會緊張。

「不過那場放映會終究只是起點喔。」

「咦，什麼意思？」

「重頭戲在之後，得等上傳至 Niconico 動畫後看觀眾的反應。」

所有作品在放映會播映後，會一起上傳至 Niconico 動畫。之後統計播放數等數據，才是最後的結果。

「原來如此，在網站上的評價才是勝負關鍵吧。」

「嗯，當然在放映會上，觀眾反應熱烈就更好了。」

依照常理而言，作品在放映會上得到觀眾的反應愈好，影片就愈容易廣受好評。況且放映作品的感想很快就會在網路上流傳，評價高的作品更有機會維持起跑後的一馬當先，氣勢十足地衝向終點。

「……總覺得一想起這件事，就感到肚子痛呢。」

「拜託，恭也，你想太多了啦！來，總之先逛逛攤位吧！走！」

鄰近放映會，我似乎也開始在意這個問題了。

從爬上斜坡後，路旁的攤販穿過大馬路，一直設置到九號館附近。與往年一樣有各式各樣的攤販，像是點心、輕食、迷你遊戲。或是占卜、肖像畫、人生諮詢、藝術、抽籤，以及意義不明的內容。

「不好意思！請給我們兩份烤魷魚！」

「好的，謝謝惠顧！」

烏賊娘……不，是女孩戴著像烏賊的帽子，開心地反覆燒烤烏賊再沾醬汁。她們的模樣給人同類相殘的感覺，這樣好嗎？

（反正有攤位還是由雞負責炸雞塊，還說「很好吃喔，咕咕」，應該沒關係。）

這種攤位經常成為話題。

「請稍等魷魚烤出焦痕喔！」

所以我們在攤位等候一段時間。

正好攤位旁邊有長凳，我們決定坐一下。

「真期待魷魚烤好呢～」

在我回答『是啊』的時候，

「話說，你有聽說九路田他們的作品嗎？」

「欸，他又做了什麼？」

正好聽見兩名影傳系學生在我們身旁幾公尺之外聊天。根據內容，他們似乎也是二年級的。

（咦，該不會……）

奈奈子似乎也發現到，看了我一眼後點點頭。

聊天的兩人似乎正提到九路田團隊的作品。

「沒啦，不是他這次又惹出麻煩，純粹是品質高到離譜。他們團隊的上一部作品不是動畫嗎。」

「那部作品很厲害呢～畢竟第一部的團隊就有職業人士耶。」
「關於續作啊，聽說今天還在趕工呢。而且目的為了提升品質喔。」
「真的假的!?原來不是還沒做完啊，好強喔。」
「對不對？我們光是拍完影片就拚得要死，他們真的太強了……」
系上同學一邊誇著超強、好離譜地同時離去。
等到他們離開視線後，奈奈子才開口。
「真不得了，竟然做得這麼仔細啊。」
「是啊……」
彷彿見識到九路田的執著，為了提升品質不惜使用任何方法。
當然畢竟只是傳聞，最好不要照單全收。
不過可以肯定是，他的團隊的確做出深不見底的作品。連沒有直接關係的系上同學都聽到傳聞。
（他是強敵，而且足以讓人顫抖。）
這次我擬定了作戰。認真研究過條件等方面，以此為基礎思考什麼樣的內容能贏，該如何布局。最後才統整企劃，展開製作。
大家都腳踏實地又努力。更重要的是，多虧貫之一間扛起整體故事與設定的基礎，讓我們的作品充實飽滿。

這一點毫無疑問。倒是沒有。

「怎麼了，恭也？難道你有點在意嗎？」

不知不覺中魷魚似乎烤好了，雙手拿著烤魷魚串的奈奈子，露出擔憂的眼神看著我。

「噢，沒有啦……沒事。」

由於不能讓奈奈子擔心，我急忙露出笑容。

我計算過了。

作品也確實完成。

事前搜尋過的結果，也證明應該沒問題。

但我還是感到不安。

畢竟九路田團隊的作品已經遠遠超出學生的層次。甚至有可能在十年後成為傳說。

「呣，是嗎。」

奈奈子注視我的表情後，

「恭也，嘴巴張開一下。」

「嘴巴……？是可以，啊……嗯、唔唔？」

我依照指示張口，結果她將烤魷魚塞進我的嘴裡。

「好、好燙燙燙！啊，不過真好吃……魷魚很好吃。」

面對突如其來的驚訝、味覺與觸覺，我的反應像小孩子一樣。

「嗯，還會覺得好吃，代表目前沒問題。」

「咦……？」

「真是的，就算再怎麼擔心，事到如今也來不及改啦。今天機會難得，就好好享受活動吧！」

奈奈子半瞇著眼睛看我，

「剛才不是說過，這是約會嗎……？」

然後咧嘴一笑。

「也對，謝謝妳。奈奈子妳說得沒錯。」

受到來路不明的資訊影響，降低創作熱情可是大忌。尤其我的身分更需要謹慎對待才對。

況且奈奈子明明很期待與我約會。

「其實我也很不安，不過沒關係啦。畢竟我有自信和大家一起創作出優秀的作品，對不對！」

「嗯，當然。」

然後我們一同起身，繼續逛攤位。

以前的奈奈子害怕得不敢站在舞臺上，現在的她簡直判若兩人。

（總覺得好像只有我在原地踏步呢。）

不論志野亞貴或奈奈子，似乎都在不知不覺中具備堅定的自我。

◇

「謝謝光臨……」

面露笑容送顧客離去後，我低頭一鞠躬。

然後同時，

「呼～～」

跟著深深嘆了一口氣。

以前我從未接觸過待客的工作。即使做過類似的事情，卻完全缺乏聽顧客點餐再覆誦的高度待客技巧。

可是大家都說我辦得到，拱我Cosplay當服務生。該說大家都有施虐狂，還是把我當成什麼了啊。

（雖然的確是很珍貴的體驗……）

好久沒穿制服了，的確很開心。而且很高興能成為眾人的目光焦點，還受到稱讚。不論志野亞貴、奈奈子與樋山學姊，以及我不太想承認的齋川。眾人都一邊做自己的工作，同時鼓勵我。這緩解了我緊繃的情緒，現在我已經不覺得這份工作很難受了。

不過。

我還是無法原諒橋場。我明明特別辛苦，但他只問候了我一句，然後就置之不理。既然要幫我加油打氣，之後也應該再說個幾句，或是開口邀請我逛會場。雖然剛才他被奈奈子不由分說拉走，可是好歹也該問一下明天如何之類。目前明明沒有人約我。他如果開口的話，我絕對不會再跟別人約。饒不了他，饒不了饒不了饒不了他。

「等一下絕對要好好罵他一頓。」

一開始他向我開口時，我依然態度冷淡，然後他問我「在生氣嗎？」這時候我才決定回答他。因為我喜歡橋場有點傷腦筋，偷偷瞄我的表情。今天我同樣也想看……

「拜託，我在想什麼啊！」

結果我不小心在店內大喊。顧客的視線讓我尷尬不已，我急忙低頭致歉，迅速躲到店內的角落。

討厭！討厭討厭！這都是橋場害的。難道他以為我是他的祕書或助手嗎。他還會隨口拜託我用電腦查資料，肯定忘了我不擅長操作機器吧。

（不過我倒是有點期待結束後，他露出的笑容。）

橋場很會稱讚別人。在團隊中，他對上傳成果的感想讓我覺得他很懂得誇人。他能準確稱讚具體的優點，相當鼓舞創作者的熱情。

毫不意外，我也受到他的稱讚洗腦。像是這些事情只能拜託我，交給我真的太好了，他真的很能言善道。

哎～真是的。一直想著橋場也無濟於事，專心待客吧。

「河瀨川學姊，有新的顧客來了～！」

齋川的聲音在室內響起。

「歡迎光臨……」

我原本想面露笑容迎接，卻一瞬間板起臉孔。

「嘻嘻，妳這身打扮真有趣啊，河瀨川。」

竟然是九路田。

由於太出乎意料，而且他還是不請自來的客人。總之我有些粗魯地在桌上放置裝了水的杯子。

「喝完水後可以回去嗎？」

「別這麼冷淡嘛，給我熱咖啡。」

他倒是老實地點餐。

我以為他會挑釁後離開，要說意外倒是滿意外的。通知後臺他點的熱咖啡後，我再度面對九路田。

「你要找的橋場不在。另外志野亞貴目前也在後臺負責煎餅。」

「志野下廚嗎，希望別釀成什麼慘劇。」

他居然還知道志野亞貴廚藝不好啊。

「你怎麼知道志野亞貴不善於下廚？」

「她在我們的製作間曾經說要煎漢堡排。結果在製作間成了傳說。超誇張的。」

原來是這樣知道的。

不過志野亞貴會主動要求下廚，代表團隊內的氣氛還不錯。畢竟聽過他以前影片團隊的傳聞，讓人有點難以置信。

「其實我也不是特地來找橋場的。」

「那何必來啊。」

「我又不是來刺探情報的，別這麼凶嘛。何況作品不是早就該完工了嗎？」

「系上的一年級在傳聞某支團隊特別厲害，要拚到今天晚上呢。」

「只是製作行程表安排不當而已，厲害個頭啦。」

我深深覺得，就算不值得向他人稱讚，難道他就不會講得委婉一點嗎。

不過他並未稱讚團隊長時間加班，趕工到鄰近截止日。而是指出行程表管理不良，我很能理解這種感覺。如果過度吹捧這種行為，任何公司或團隊都會變黑，導致作息正常的人感到痛苦。

到頭來我們其實很像呢，我心想。當初我秉持合理主義，強烈要求缺乏幹勁的人離開。在遇到橋場之前，我三番兩次受到失望的打擊。

既然個性相似，當然會同類相斥。我不知道九路田討不討厭我，但他肯定看不上我。

「你們團隊所有人都完全信任橋場吧。」

「是啊。因為大家都知道，吃苦的人總是他。」

「原來如此。讓成員見到自己流汗的一面以博取信賴，的確很像他的作風。」

他是特地來嗆人的嗎。

我實在不想陪他打嘴砲。

「難道你的意思是，覺得關係良好的團隊創作很噁心？」

九路田毫無反應，默默地端起杯子，含了一小口咖啡。

「嘻嘻，抱歉啊，我剛才那句話不是這個意思。我天生就嘴巴壞，個性又差。」

總覺得他的表情帶有幾分賊笑，但他似乎相當認真地說這句話。

「我真的沒有任何意圖啦。只是有空想喝點茶之類，然後想起你們在開咖啡廳。

純粹出於興趣才來的。」

他這句話是否屬實倒是無關緊要，但我總覺得他並非在撒謊。

「如果你真的只是來喝東西，那就沒什麼好說的。」

「是啊。反正沒有人會覺得和我聊天很開心，無所謂。」

遺憾的是，我果然覺得他和我很像。

而且他剛才這句話，讓我對他產生了一點興趣。

「方不方便聊個幾句？」

「嘻嘻，行啊。」

九路田手扠胸前，仰頭看我。

◇

和奈奈子一起逛攤位，發現攤位的終點在九號館附近。

「啊，到此為止呢。」

我們抵達的位置，前方設置了學園祭執行委員會當成基地的帳篷。

「大家似乎都很忙碌呢。咦，哎呀。」

帳棚內有熟人，我忍不住一喊，伸手指向對方。

「這不是火川嗎，原來你是執行委員啊？」

「哦！橋場和奈奈子嗎！怎麼了，在約會嗎！」

聽得我忍不住語塞。

不過直爽豪邁就是火川的優點。

「話說你怎麼會擔任執行委員啊？你之前不是才說忙著練習忍研的舞臺表演，完全抽不出時間嗎。」

火川是藝大名產社團，忍術研究會的社員。升上二年級後，換他負責教學弟妹，照理說他忙到難得抱怨時間不夠用。

可是他居然加入同樣以忙碌聞名的學園祭執行委員會。這該怎麼解釋啊。

「沒啦，我一開始也覺得肯定不行啊！可是我們社團受到執行委員會超多幫忙，所以他們缺人來找我們幫忙時，我就只好挺身而出啦！」

「抓你去當祭品嗎……」

學園祭上，忍術研究會會在戶外舉辦大規模舞臺表演。

屆時會場內的警衛、事前確認，結束後的收拾等工作都由執行委員會負責。所以的確受到很大的幫忙，委員會提出任何要求都值得。

（真要這麼說的話，我們社團也得幫忙呢。）

我們社團姑且不論，某種意義上火川算是被拉去當祭品的。

「火川你真了不起～為了社團而自願幫忙呢。」

「沒啦，這個……還好。」

結果火川突然吞吞吐吐。

「該不會還有其他原因吧，火川？」

「沒、沒沒沒沒有喔！！」

「我第一次聽到這麼像『有』的『沒有』！」

我質問放棄抵抗的火川後，

「『大藝大小姐!?』」

「對、對啊！聽說今年有舉辦大藝大小姐選拔！所以才會徵人啊。」

「……噢，對了。」

才想起桐生學長之前好像提過這件事。

「我心想，有機會認識超級可愛的女孩啊！還有如果社團沒參賽的話，務必投女忍者一票！」

原來如此，這就完全明白了。

「可是根據我之前聽到的消息，委員會正煩惱缺乏參賽者呢。」

「問題就在這裡!!」

火川難得以哽咽的聲音哭訴。

「雖然大概知道去哪裡找參賽者，結果很多女孩都當成聯誼一樣推託『能去就參加』。很擔心當天有人缺席呢！」

依照她們愛去不去的模樣，很有可能。

而且大藝大小姐的活動舞臺是最後一天的傍晚。負責擺攤的女孩特別有可能直接收攤走人。委員會肯定心急如焚。

「所以委員會拜託我，如果有人缺席的話，要幫忙找遞補的參賽者……」

說到這裡，火川瞄了一眼奈奈子。

奈奈子瞬間明白他的視線含意，

「我、我才不參加，絕對不要!!」

足足搖了三十次頭，拒絕火川的邀請。

「有什麼關係，奈奈子妳絕對能晉級最後的決賽！我保證！」

「不、不是這個問題啦！我絕對會緊張得不小心說出奇怪的話，哪敢參加啊！」

「是嗎？去年的舞臺表演也很精彩，我覺得妳應該可以耶。」

「那、那真的是情況緊急，我才上場幫忙而已!!」

唯有這個要求，奈奈子說什麼也不願意接受。

「反正如果還有女孩願意參加的話，就告訴我吧！」

與火川道別之際他拜託我，但我覺得應該很難。

「希望能順利舉辦。」

「嗯，也對。當天要確實聯絡參賽者吧。」

不知道獎金與獎品的情況，但光是提供參加獎，情況應該就會好轉。

總之我們得集中精神在同一時間舉辦的放映會。

◇

雖然我主動要求聊聊，可是我跟他能聊什麼呢。如此心想的我有點愣住。

這個時間點聊喜歡的電影也沒什麼意義。九路田博學多聞，應該能聽他提起有趣的話題，但目前想聊的只有一件事。

「你已經預料過，這次我們團隊會推出什麼作品了嗎？」

我一直想問問看。

他在一年級下學期推出的作品，以鮮明的色調引發話題。所以他肯定早就仔細擬定戰略或分析，再以此為基礎製作作品。

因此我很感興趣。好奇他究竟怎麼看待橋場與北山團隊，進而創作什麼樣的作品。

「嗯，當然。不過胡亂猜想的話，多半會猜錯吧。」

意思是一半為真，一半為假嗎。考慮到他的上一部作品，應該能預測到一定程度，我實在不認為他做不到。

「但如果我沒猜錯，我可能會輕視他。」

「輕視？怎麼說？」

「我不知道這樣形容對不對。但我想說，如果他想搞這一招，那他就不該待在藝大。」

九路田的眼神很認真。既不像開玩笑，也並非胡說八道。他會使用『輕視』這個語氣強烈地詞，應該也不是挑釁或誇大其詞，而是真心話。

總覺得我明白他的意思。

關於這一次的戰術，我應該是全團隊聽橋場說明最詳細的人，也覺得自己瞭若指掌。

我佩服他居能想到這種方法。但同時我也好奇這次勝利，或是落敗，會產生什麼結果。

（不過他的確如傳聞般，奉行禁慾主義呢。）

我聽說影傳系在藝大各科系中，自我意志堅定的學生比例特別高。但我依然對身邊的人感到絕望。還好現在有幸結交這些好朋友，否則我不知道自己能在藝大撐多久。

可是九路田真的沒有任何志同道合的對象，或是朋友。如今他一直尋覓自己獨特的道路。某種意義上，他比任何學生都強大。

「你為何如此執著……」

說到這裡，我頓時閉口不語。

這個問題太深入隱私了。俗話說己所不欲，勿施於人。

「抱歉，剛才那句話當我沒說。」

九路田一如往常地嘻嘻笑。

「沒關係，這個問題我不會回答，但我能體會妳為何想問。」

然後他靜靜從座位起身，一圓不差地將咖啡費用留在櫃檯上。

「我很期待你們的真本事呢。」

說完他便頭也不回地離去。

「真本事……是嗎。」

這三個字真是懷念。

◇

橋場與奈奈子回來後，我告訴他九路田來過。

「是嗎，嗯……的確有可能。」

他似乎不太意外。

「不過我略為鬆了口氣呢。」

「什麼意思？」

「沒有啦，我以為九路田也會相當不安。」

橋場是這麼認為的。

意思是如果他搶先說並非來偵察敵情或其他目的，就代表此地無銀三百兩。正因為非常害怕預測引發的結果，才會對我的問題擺出一切盡在掌握的態度。

「當然，我這番理論也只是預測。」

他害羞地露出笑容。

而我再度想起剛才九路田說的話。

「真本事，是嗎——」

去年在這裡，正好還是學園祭的舞臺上。

我以這句話激勵一名女孩，她則活力十足地讓我見識到「結果」。我感到非常高興，同時也覺得她在反問我。

（那妳的真本事呢？）

彷彿聽到她這樣問我。

當然，現實中的她沒這麼說。她開朗的就像太陽一樣，坦率面對自己喜歡的事物而活。甚至讓我懷疑，她怎麼會和我這種個性孤僻的人成為朋友。

她經常歡笑，經常哭泣，以及發脾氣。情感溢於言表，專注於創作。於是她愈來愈強。

這是我純粹對她抱持敬意的部分。

（妳究竟如何面對自己喜歡的事物？）

如果她這樣問我，我該如何回答呢。

現在的我，沒有答案。

「對啊，真本事。」

他這不是要讓我見識答案嗎。

當初聽到這次的作戰計畫時，我立刻問他。問他究竟見到今後的未來是什麼樣？

他笑著回答我。等結果出爐再說也不遲。

「——我很期待喔，橋場恭也。」

「欸，什麼？噢，好啊。」

我一如往常，注視他面露笑容。

窗外的景色逐漸染上夕陽紅。學園祭第一天即將在喧囂中落幕。

◇

學園祭期間內，各科系的研究室大致上都很閒。

當然，碩博生和助教依然忙進忙出。不過教授們就像放長假一樣在校內散步，或是在家裡睡覺。各科系的情況其實都不太一樣。

我們影傳系研究室的教授們都跑去放假，室內變得十分安靜。目前我待的另一間房間，可能因為外頭掛著『準備中』的牌子，同樣沒有人來。

不過我今天依然在室內工作。雖然準確來說，這不是我原本的工作。

「就是這樣，我也想放個假。」

我告訴通話口另一側的人後，他的回答是苦笑。

「哎，我當然知道。加納老師真的很努力工作呢，老實說，比我這種人勤勞多了。」

「堀井，拜託別用這種口氣。聽得我怪難受的。」

「哈哈哈，抱歉，不小心的。」

我們兩人都哈哈大笑。

堀井是我從念書的時候就一直製作遊戲的夥伴。不像我半途而廢，留在大學教書，後來他直接就職於大型遊戲公司。即使身分不一樣，對創作的熱情依舊沒變。因此一聊天就立刻用這種語氣。

我在平常的研究室可不敢發出這種聲音。因為沒有外人，才能像這樣與朋友暢談。

「所以如何？二年級學生應該暖身暖得差不多了吧？」

不知為何，堀井的聲音聽起來有些高興。

「這個啊，目前看到有幾人很有趣喔。」

我攤開放在桌上的資料。

檔案上寫著『得勝者軟體公司案件』，裡面裝著記載了學生個人資料的文件。不過檔案內還包括並未受到學校正式承認的資訊。

這些項目是我自己想出來的。將判斷、表達、計畫等參數分為十個階段，分別打分。

五個項目總分最高為五十分。由於幫全系學生評分太花時間，我以一年級的成績與表現等方面為基礎，鎖定了六名候選人。

「等一下我傳給你一覽表，總之先看完吧。ＯＫ？」

我放大資料最上頭填寫學生名字的部分。

九路田孝美。

小暮奈奈子。
鹿苑寺貫之。
河瀨川英子。
志野亞貴。
「最後則是橋場恭也。這些資料我會傳給你，之後能交給你自行判斷嗎？」
「了解，謝啦。哎，因為要在次世代主機上推出，人手真的不夠呢。妳能幫忙介紹優秀學生，真是太感謝了。」
「我先聲明，這可不是立刻要送到你那邊當奴隸的名單啊。他們畢竟是未來的人才，這一點你可要理解喔。」
電話另一頭傳來笑聲。
「那當然。話說妳這邊依然是人才的寶藏室呢。不只影傳領域，各種職種都包了呢。」
「這就是綜合藝術的有趣之處啊。」
實際上進入影傳系，各方面都要摸一點。因此許多人才會直接在不同領域踏上職業之路，像是設計、插圖，或是寫作。
「不過你們公司只要徵人，要多少跳槽的就有多少吧？」
「人數的確不少。不過老實說啊，以這種管道徵來的人才……妳應該明白吧？」

可以體會。如果這樣就能找到優秀人才，一開始就這麼做了。

「所以我才拜託妳啊，幫忙挑選前途無量的新人候選者。這樣可欠妳一個大人情呢。」

「前途無量的新人候選者？不太對吧？」

我嘴角一歪。

「怎麼我聽起來像是前途無亮的廢人候選者啊。」

電話另一頭的聲音笑了笑。

「饒了我吧。以我的身分，也希望他們能懷抱夢想啊。」

「年紀輕輕就當上第一開發部部長的人可不該說這種話。」

「……我們都在這一行撐下來了啊。」

他說得沒錯。

回想起來，許多人都在這條路上離我們而去。

今後肯定還會反覆上演相同的戲碼。

「那就聊到這裡吧。」

「嗯，下次再連絡。身體保重啊。」

即使電話發出『嘟』一聲掛斷，我依然捧著聽筒。

自從我成為老師後，已經送好幾名學生進入「社會」。所有人都過著快樂又充實的創作者人生……想也知道是不可能的。

幾乎所有人在半路上就被迫重頭來過。

有人的才能獲得認可，努力得到認同，在業界亮麗出道。結果之後青黃不接，精神出了問題而退休。

或者即使嶄露頭角在業界活躍，也受不了嫉妒與中傷，依然退休。

有人因為老家出了事情，萬不得已退休。

有人因為與朋友，或是交往對象的關係處不好，退休。

也有人沒有明確原因，也沒有面臨重大麻煩，依然不明不白地退休。

或是錢燒光了退休。

對一切感到絕望而退休。

在這一行混不下去的人，比起傳為美談的成功案例多好幾倍，甚至幾十倍。而且絕大多數人都是無聲無息消失。成功的例子能拍成電視劇，但是大眾不想看失敗的例子。所以只有好聽的故事會流傳下去。

我感慨良多地心想，這簡直是地獄。

見到他們天真地聊作品與主題，我從未想過以現實的殘酷嚇他們。畢竟他們花錢讓自己延後四年才跳火坑，應該當成權利歌頌一番才對。

可是我實在做不出這種違心之舉。所以等我成為助教，擁有一部分發言權後，每年都以演講在一年級的新生大會上來場震撼教育。

這裡可是地獄啊，嘿呀～不過各憑本事的話，倒是很有趣喔。

或許演講奏效，最近表情認真的學生似乎變多了。尤其今年這種人特別多。

「不過那也只是打嘴炮罷了。」

今年可是人才濟濟。不，其實我早就知道會這樣。

接下來就看怎麼指揮那名罕見人物，我總覺得這是唯一的關鍵。

「好啦，該怎麼辦呢。」

等發表成果之後，找他過來聊聊嗎。我不知道他會有什麼樣的表情，反正是他的問題。他應該會仔細思考後，做出事關未來的判斷。

畢竟他就是這樣的人啊。

「——我很期待你哦，橋場恭也。」

咦，我嗎？噢，好的……我彷彿聽到他像平時一樣，聲音聽起來有些困惑，不禁笑了出來。

學園祭的喧囂逐漸平息，夜幕低垂。

接下來即將升起新的舞臺布幕。

第四章　各式各樣，形形色色

學園祭最後一天，河瀨川英子穿著西裝制服現身。

驚訝的奈奈子率先開口。

「咦，怎麼會穿這一套？」

「照理說庫存應該沒有這一套才對……話說這套服裝的質料好棒喔！簡直就像真正的制服……」

齋川話說到這裡突然驚覺，然後閉上嘴。

仔細一瞧，河瀨川的臉紅得不得了。

「不、不好意思啦，我拿以前高中時穿的制服來。這個，呃，因為來店裡的顧客說，我穿西裝制服應該很好看。」

努力擠出這番話的河瀨川突然驚覺，望向所有人的臉。

因為她現在才發現，Cosplay 咖啡廳的所有工作成員都對她露出笑咪咪的眼神。

「嗚、嗚嗚嗚嗚嗚嗚～～～～～!!!」

結果河瀨川發出從未聽過的可愛尖叫聲，拔腿狂奔。

「不知道英子有沒有問題呢。之後應該會乖乖回來吧。」

呵呵笑的奈奈子還是關心她的情況。

「放心！河瀨川學姊已經完全愛上 Cosplay，昨天甚至還問我活動的事情呢！」

「活動！真的假的！？」

一開始光是讓別人看見 Cosplay 就大發雷霆的河瀨川，居然也會愛上 Cosplay……

「是真的！不過我問學姊『要不要一起參加？』結果學姊凶我『開、開什麼玩笑！』看來我有點太操之過急了。看學姊的模樣，我還以為只要推她一把，學姊就會跳坑呢。」

一邊點頭，齋川同時歪頭疑惑。我猜只要再拱她一下就能成功喔。

「今天最後一天，河瀨川同學很受歡迎，會有許多顧客前來吧～」

對於志野亞貴這句話，樋山學姊用力點點頭。

「沒錯，今天大家都會很辛苦，所以只要覺得難受，就隨時說一聲去休息喔。真的不行的話，咖啡廳就暫時休息。畢竟是難得的慶典，大家別勉強自己，好好享受吧！」

所有人回答『好～』，學園祭的最後一天就此開幕。

不知道該說一如預料，還是超乎想像，Cosplay 咖啡廳盛況空前。

由於去年女僕咖啡廳的成功，今年突然多了很多舉辦〇〇咖啡廳的社團。但我們美研不僅確實升級，還活用改進的缺點，所以毫無死角。

不過咖啡廳成功，代表現場當然忙得不可開交。

「您好，三號到七號顧客，讓各位久等了！小心顧客要經過喔！咦，還不能放人嗎？抱歉抱歉，麻煩三號到七號顧客暫時在這裡稍待片刻。啊，這裡不能坐啦，顧客！」

「歡迎光臨！這是我們的菜單，哎呀？怎麼不見了？欸，菜單跑哪去了！那邊？這樣我哪知道是哪邊啊！」

「杉本！我這邊搞定了，你先來洗盤子！柿原你去幫忙整隊。另外那個笨蛋還在外頭閒晃，你去踹他屁股一腳，叫他滾進來！」

「濃醇奶茶讓您久等了～很燙，請小心引用……咦，啊，這是冰茶……抱歉弄錯了，不好意思。」

「您點的東西久等了，水果百匯與煎餅。啊，您昨天也來光顧呢……嗯，是啊，臨時準備了西裝制服……沒有啦，怎麼會合身呢……」

「啊～不行了啦，這邊隊伍排很長了，前排的人我要帶進店內了！」

「欸，就說菜單要先放在這裡嘛～！」

「我再也受不了了！我去巴一下桐生的頭再回來！」

「這次真的是熱的奶茶喔～」

「什、什麼？泳裝？我怎麼可能穿呢！」

先不論活用了多少改進的缺點，或是活用後才如此座無虛席。人聲鼎沸又有趣的美研 Cosplay 咖啡廳看起來有機會圓滿成功。

◇

「呼啊～好累喔……」

輪班結束後，我們三人終於得以休息，都深深吁了一口氣。

「恭也，放映會等一下幾點開始？」

「下午三點。所以咖啡廳再過一小時就要關了吧。」

最後昨天與樋山學姊商量過後，決定提前 Cosplay 咖啡廳的關店時間。

「是嗎，真可惜。小百合姐說如果營業時間再長一點，她也想來呢。」

「哦，原來是這樣。」

後來小百合小姐跟著貫之來到大阪，兩人便順勢開始同居。

不過貫之基本上都待在大學或共享住宅。另外她似乎保證過，不再像以前一樣干擾創作，所以也幾乎不再擅自跑來。

閒下來的小百合小姐以轉學的方式，重新進入大學教讀。好像是大阪知名的千金學校，天天由司機開車接送。

「不過她要是跑來，說她也想試穿這些服裝就麻煩了，所以這樣就好，嗯。」

很容易想像到她會這麼說。

「幸好……貫之你和她處得還不錯……」

「河瀨川，妳的表情和聲音已經精疲力竭了，聽起來好像快沒命一樣。拜託再打起一點精神來，好嗎？」

河瀨川目前整個人躺在椅子上，半張著嘴茫然望著天花板。現在的她的確絲毫感受不到平時的氣場。

「別強人所難好嗎……我不只對工作不習慣，還聽了一大堆平時用不到的詞彙。如今腦袋負荷不了……」

她本來就不熟悉服務生業務。還受到許多顧客誇她可愛，漂亮，想與她合照，的確很有可能腦袋當機。

「反正再撐一下就結束了……噢，有人找我。」

貫之的手機發出電子鈴聲，於是他站起身。

「我離開一下。喂。」

他離開後，房間剩下我和河瀨川兩人。

「什麼啊……連你也要嘲笑我？」

「只是看一下妳的表情而已，沒有啦。」

我一臉苦笑，

「看妳的情況，還是等一下再問之前拜託妳查的那件事？」

如此開口的瞬間，

「等一下！這件事越早處理越好吧，現在就開始。」

剛才靈魂彷彿快從嘴裡飛出的河瀨川，突然睜開眼睛迅速復活。

看來她需要的不是休息，而是任務。

（她出社會後，有可能變成工作狂呢。）

應該說以前見過十年後的她，真的是工作狂。

總覺得即使在與我無關的平行世界中，她也會經常為了工作抱怨或傷腦筋。

「那首先能讓我看一下，之前拜託妳找的全部期間資料嗎？」

河瀨川點點頭，從帆布提袋內取出一疊紙資料。

「來，這是全部期間。之後的頁面則是每隔一天的詳細資料，我只挑選了你想要的部分。」

「謝謝妳。」

接過手的資料寄載了最近的 Niconico 動畫清單。

我依照類別挑選了幾部影片，請河瀨川幫附上播放數、留言數，以及我的清單數的圖表。

「……應該有機會。」

確認整體傾向後，我再次確認之前擬定的『作戰計畫』並沒有錯。如此一來就達成了所有事前能盡的努力。

「好像是呢，一如你的計劃。」

「謝謝妳，河瀨川。抱歉拜託妳這麼多事情。」

「沒什麼啦……放心吧，我早就習慣這種事了。」

河瀨川哼的一聲，一如往常地乾脆回答。

講完電話的貫之這時候回到房間。

「抱歉剛才突然離席。」

「事情談完了嗎？」

「嗯，只是打錯電話而已。然後呢？那是什麼資料？」

然後我也向貫之說明。

「恭也你真厲害，竟然連這種資料都準備了啊。」

「幫我準備的人是河瀨川，我只是拜託她而已。」

「搜尋資料這個想法很不得了，不需要這麼謙虛。」

這個說法很有河瀨川的風格。

「之後就等待放映了呢。」

即使嘴上這麼說，我還是有點不安。

如果九路田團隊的作品擁有超群的魅力，足以輾壓這種小聰明戰術的話。

不論找資料或是任何方法，一切都會徒勞無功。

（在推出作品之前，一直都有這種感覺呢。）

我現在稍微明白，為何製作人經常搞壞胃或是酗酒了。

距離放映還剩三小時。

◇

學園祭大致上都過逛一遍，於是我先一步來到放映會場。

這裡的座椅舒適，空調也很強。不時在此放映的無聊電影特別適合當搖籃曲，是不錯的午睡地點。

不過今天要和團隊成員一起觀影，身旁有人特別囉唆，根本睡不著。

「就是今天了嗎，真期待放映啊。」

盛戶比平時更加亢奮。

只要這傢伙出現這種狀態，就是要倒楣的前兆。

「在我看來，就等著在全場掌聲中贏得勝利啦！對不對，九路田。」

「要我講幾遍才明白？不准樂觀，不准大意，絕對不准。」

「是、是我錯了啦。」

他的壞毛病果然又犯了。

「輸贏當然很重要。不過身為製作者，要看清楚自己的作品是否真的毫無缺點，以及其他團隊有沒有自己的作品缺乏的魅力。然後為下一部作品做準備。」

我說明早已老生常談的論調後，盛戶居然一臉佩服地「嘩……」。

「你真厲害啊，九路田。」

「這是理所當然的。應該說你之前究竟怎麼觀賞作品的啊。」

盛戶抓了抓頭，

「沒啦……就是覺得很有趣，或是很無聊啊。」

聽得我頭好疼。

或許我根本不該要求他太多。別看盛戶這樣，他會確實遵守行程表，報告很認真，而且善於激勵士氣，還能鼓舞團隊的士氣。

一年級第一次製作時，我發現他在無人提醒的情況下，自己整理出電話連絡表。確認他的行動很積極後，我拉攏他加入。

（不過他製作聯絡網，可能是為了要女生的電話……）

如果知道他的真正目的，本來我想掐他脖子。不過許多積極追求異性的人都具備超強交際能力，只要他沒在團隊內拈花惹草就行。

「總之邊抄筆記邊看，畢竟不知道會發生什麼事。」

「好！交給我吧。」

距離放映還有長達三小時，盛戶卻已經迅速打開筆記本。

就當作這些耍寶的部分也是他的魅力之一吧。

「哦，怎樣，放映前就打算搞鬼了嗎？」

我果然沒猜錯，壞事發生了。

「啊，加納老師妳好!!今天還是一樣性感呢！」

（這傢伙……還是宰掉算了。）

放眼地球，大概找不到比他的打招呼更輕浮的態度。

「囉嗦，盛戶，在外系還敢用這種口氣對老師說話啊？」

老師也一臉苦笑，不以為意地輕描淡寫帶過。盛戶這種討喜的個性肯定是天性。

「老師好。」

「辛苦了。提早三小時就入場會不會太早了？」

「嘻嘻，反正沒什麼事情好做，沒關係。」

「也對，畢竟這裡很適合午睡。」

連老師也在這裡午睡啊，我差點忍不住吐槽。

「總之可別亂來啊。」

說完老師揮揮手離去。

「嘩～加納老師果然好性感，九路田你不覺得嗎？」

「只有你會用這種眼光看她。」

「真的假的!?她很漂亮，胸部又大，不是超棒的嗎！」

撇開挖苦不論，以他這種生活方式，人生多半會活得很快樂。

◇

休息時間結束，最後動員所有人員在店裡幫忙。

其實也是因為如果依照輪班，對人員的負擔太重。加上突然更改預定行程，情況緊急到必須全體人員出動。

大家忙得頭昏眼花之際，我則單純負責收拾善後。

（說是單純，其實也相當辛苦呢……）

即使只是收拾用過的餐具，清洗後交給前臺，但是實在太多了。加上更換的餐具不夠，最麻煩的地方是必須小心謹慎，以免打破。

總之現在先集中精神處理面前的餐具。在我轉換念頭的瞬間，

「哦，橋場！現在有空嗎？」

戴著執行委員會臂章的火川衝進後臺。

「火、火川？沒待在那邊的帳篷沒關係嗎？」

「沒關係啦，我目前在找人！你記不記得來這裡的顧客中，有穿制服的三人組女生？」

不只沒有記憶，許多光顧的顧客都是這種組合。

「不清楚，或許有來過，但我完全不知道是何時。」

「是、是嗎，抱歉啊！那你加油吧！」

火川用力一拍我的肩膀，隨即奪門而出。

「難道有人迷路了嗎……？」

即使對他的目的有點好奇，但我在清洗餐具的過程中忘得一乾二淨。

結束前三十分鐘更是忙翻了天。異種綜合 Cosplay 咖啡廳比去年更盛況空前，順利落幕。

「非常感謝各位的光臨！」

最後全體工作人員出面道謝，同時鼓掌送最後的顧客離去後，畫上完美的句點。

關上入口門，環顧只剩下工作人員的店內後，樋山學姊慰勞所有人。

「大家都辛苦了……慶功宴就痛快地享受吧！」

所有人看起來已經精疲力竭，雖然面露笑容，卻有氣無力地回答「耶～」。

「這次大家也很可愛呢。十分賞心悅目喔～」

志野亞貴開心地表示。

「啊，亞貴學姊，最後再一次就好，能不能以狐娘的風格喊我的名字呢……」

齋川摟著志野亞貴懇求。

志野亞貴微笑點頭後，露出婉約婉約的天使微笑，

「美乃梨，和小女子一起好好休息吧……」

以掛在臀部的大尾巴裹住齋川後，用練習得滾瓜爛熟的「狐娘語」療癒齋川。

「咿……實、實在太幸福了……」

聽得齋川渾身酥麻。她反覆撫摸尾巴，向志野亞貴撒嬌。

「奈奈子這套服裝真不錯……既帥氣又可愛。」

一邊摸著奈奈子身上的公主騎士甲冑，河瀨川佩服地不斷稱讚。

銀色鎧甲的部分質感非常好，完全看不出是以保麗龍製作。鮮紅色裙子則以感覺很高級的布料仔細製作。

「對吧！在她幫忙之下，讓看起來很廉價的材質做得這麼精美呢。」

製作者在志野亞貴的懷抱中，幸福地發出呢喃。

「齋川的確具備這方面的才能呢。」

似乎始終不願意坦率承認，河瀨川嘆著氣稱讚齋川。

「不過這一次啊，嗯？」

奈奈子看著河瀨川，一臉笑咪咪。

不知不覺中，志野亞貴與齋川，包括樋山學姊的視線都望向河瀨川。

「我、我什麼也沒做！只不過平時不擅長應對的醜態，逗得顧客開心而已……」

雖然她還想找藉口辯解，但似乎發現徒勞無功，

「好啦，事到如今我就接受吧。」

她緊緊拉攏自己帶來的制服裙擺，

「其實 Cosplay 咖啡廳有點，不，是非常有趣呢。」

這一瞬間，所有人都沸騰地歡呼。

雖然是她自己提議，但一開始沒人知道她能不能享受 Cosplay。不過現在正好聽到她親口證實。

（幸好河瀨川很開心。）

一開始她很牴觸，如今她能坦率地說自己很開心，算是好結局吧。

「學姊！我一直相信學姊會進入這個領域！總之十二月有一場活動叫做 Cosplay Square 的秋季慶典，在 Ontex 大阪舉辦，現在還來得及申請參加……」

「我才不參加！齋川～～看來我得稍微教育妳一下才行!!」

河瀨川憤怒的雙守使勁捏齋川的臉頰。

「哎咿！好痛、好痛！可、可是可是，只要學姊有志於Cosplay，這點疼痛不算什麼，呀！」

即使被掐得發痛，齋川依然露出陶醉的笑容。該說她是女版桐生學長嗎……這樣喊好像還是太可憐了。

「不過的確有點累了呢。我的手臂已經舉不起來了。」

「可以體會，我也肌肉痠痛。」

我和貫之一起苦笑。

「哎呀～大家都很累了呢！我倒沒有很累，難道這就是體力的差距嗎！」

「那只是因為你根本沒工作吧！」

桐生學長與樋山學姊依然上演熟悉的夫婦相聲。

「話說影傳系的學弟妹等一下要參加放映會吧？」

聽到柿原學長這句話，影傳系的我們才頓時驚覺。

「對喔，接下來還有最後的重頭戲耶。」

貫之臉上的疲勞一掃而空，站起身來。

「好，那大家就一起去吧。志野亞貴也可以嗎？」

「嗯，和奈奈子妳們一起去吧～」

「啊，雖然我不是影傳系，但請讓我參加！」

「齋川是團隊成員，一定會有位置的，放心吧。」

雖然還想繼續沉浸在 Cosplay 咖啡廳成功的餘韻中，但現在該前往會場了。

「那就走吧，我們也該換衣服了……」

河瀨川剛一開口，她的手機便響起。

「喂……?噢，是的，您現在在路上吧。明白了。那麼等一下入口見，好的。」

電話很快就講完，

「抱歉，安排追加材料之類的業者似乎來到了會場，我去向對方打個招呼就回來。」

「原來是這樣，那我們先去會場等妳。」

所以除了河瀨川之外的北山團隊△成員，組隊先一步前往會場。

◇

這時候，學園祭執行委員會的帳棚內上演慘烈的混亂局面。

「到底怎麼回事啊！不是說應該會來嗎，結果根本沒來嘛！」

別著委員長名牌的雞冠頭男子發飆大吼。

「早知道就該趁中午讓她們進入會場，並且不讓她們外出。」

「大概早就玩嗨了，還喝了幾杯酒吧。」

「如果改成飲酒小姐選拔賽，她們就不會缺席了吧？」

即使眾人哈哈大笑，也在委員長一瞪之下頓時鴉雀無聲。

「沒辦法，委員長，到處都找不到人！」

這時候火川回到帳篷報告。

「果然找不到人嗎……沒辦法，只能讓候選人號碼提前一號，以這些人舉辦吧。」

「也對……」

大藝大小姐選拔賽好不容易找到人參賽。結果有人失聯，還有人臨時連絡說不參加，從一開始就風波不斷。

好不容易湊齊十五人，準備迎接正式活動時，學園祭當天又出了包。由於參賽者電話打不通，只知道會穿學生制服Cosplay，導致完全陷入僵局。

「反正十四人也不是不能辦，不過原本的時間表是以全員到齊安排的，拜託別這樣整人好嗎。」

負責企劃的委員長垂頭喪氣。即使活動本身帶有半開玩笑的性質，不過營運方依然仔細地按部就班。要是觀眾覺得活動很隨便，就實在太慘了。

「能不能找到替代人選呢……」

「只剩下三十分鐘了，現在才找大概來不及吧。」
眼看只剩下絕望之際，音樂系的學生突然舉手。
「啊，有了！我們系上有大一的同學詢問能不能參加！她正好穿制服Cosplay，人物簡歷也可以直接使用！」
「真的嗎！」
在場所有人忍不住站起身。
「啊，可是我現在要前往會場，沒辦法去接人。能不能請誰幫忙找人來呢？」
「火川你行不行？」
「抱歉，我現在要去參加系上的放映會。」
「好，那麼水野和齋藤，你們兩人跑一趟吧。一年級應該有手機，知道電話號碼嗎？」
「啊，畢竟擅自打聽對方個資好像不太好，所以先問了服裝之類的特徵。」

◇

「在這裡會合沒問題嗎……希望業者知道這裡。」
為了等待業者，我來到大學正門口的十一號館前方。要是能指定更詳細的地點就好了，可是業者的手機很難打通。本來想等一下再打，結果到現在都沒連絡到。

總之先等個十分鐘，如果業者沒來，就前往放映會場吧。

話說從剛才我就感受到不少人盯著我瞧。原因果然出在這身制服上嗎。

「以前念高中時從來沒想過……果然制服很有效呢。」

我在網路上看過一種論調，光是穿上制服就會增加五成價值。至於我的看法是，穿便服比較方便活動，所以我不太喜歡制服。

「不過現在才發現，這件制服真可愛……」

我再次感受到制服的魅力。如果我遇見當時的自己，甚至想告訴她制服的優點。所以在Cosplay咖啡廳要穿制服時，如今我不會再胡思亂想。甚至慶幸自己有這個機會。

「下次也找機會告訴齋川吧……」

即使不是最近，不過再過一段時間後，參加這方面的活動或許也不錯。何況我這人本來就沒什麼興趣愛好。

「不好意思～請問一下～」

「嗯……？」

在我思考之際，突然有人開口喊我。

兩名年紀不大的男性不停上下打量我。

（難道他們喜歡制服嗎。）

話說他們看起來似乎在確認手邊的筆記。

在我感到不可思議的時候，其中一人歪著頭，

「請問您是約好的人嗎？」

「噢，對……我就是。」

業者總算來了。已經沒什麼時間了，簡單問候之後得快點才行。

（不過……）

若說他們兩人是業者的話，也太年輕了，這是怎麼回事呢。

還有剛才打電話的人的確是大叔聲音，難道這兩位是大叔的兒子？

「看，果然沒錯。不僅穿著制服，還是西裝制服。」

「是沒錯，可是跟打聽到的特徵不一樣吧？」

他們究竟在聊什麼呢。

我正準備開口，再度確認的瞬間，

「哇，沒時間了，快走吧！」

「請問要走去哪裡？」

「不好意思，請快點跟我們來吧！」

「咦，噢，好的！」

怎麼回事，難道要付款嗎。

莫名其妙的我，就這樣跟著兩人衝向會場。

◇

放映會場已經坐了許多人。

除了事先準備的團隊成員、相關者座位，兩側還準備了一些來賓席。

加納美早紀走近其中之一，

「真沒想到你會前來，辛苦了。」

微胖男性坐著的位置，向對方打招呼。

「老師不是要準備當司儀了嗎？妳也辛苦了啊。」

男性以十分溫厚又柔和的聲音慰勞加納。

「雖然不算清閒，但依然比不上堀井你啊。我看過了之前ＰＳ通訊的報導。」

「那篇啊。反正我已經向茉平社長說過，我要準備自由發展了。看情況甚至可能離開公司。」

「你要辭職？」

「我的意思是有這種可能。反正那邊的年輕人出頭時，日本的遊戲業也變了不少呢。」

說著，堀井輕輕摸了摸自己的頭。從他的髮線可以看出辛苦的痕跡，三十出頭的他已經出現頭髮稀疏的跡象。

「年輕人啊……記得他叫阿康嗎。他也滿複雜的呢。」

「哎，公司的事情就算了。今天好好觀賞吧，似乎好久沒見到優質人才齊聚一堂呢。」

「嗯，儘管放心期待吧。那我差不多要上臺了。」

「好，待會見。」

◇

即使會場內觀眾雲集，依然籠罩在奇妙的寂靜之中。

或許因為這並非平時系上的放映，還有不少一般觀眾，氣氛有點像普通的電影院。

「河瀨川好慢喔。」

剛才她說稍後會到，結果河瀨川到放映時間都沒有出現。

就算可以中途入場，還是覺得不像她的作風。

「該不會出了什麼意外吧。」

奈奈子感到疑惑。

「她可是謹慎到過橋之前會先拆除，再自己重蓋一座呢。以她的個性肯定會小心再三，應該不致於出什麼差錯。」

「是啊，我也這麼認為！她可是銅牆鐵壁之女呢！」

雖然聽不懂火川想表達什麼，但我也認為她不會出什麼意外。

「可能被業者的長篇大論拖住了。啊，開始了。」

會場頓時鴉雀無聲。

熟悉的黑西裝女性出現在講臺上，手持麥克風開口。

「感謝各位閒人蒞臨會場。歡迎參加影傳系的放映會！」

即使發言比平時有些收斂，會場內的觀眾還是笑成一團。

「這場放映會由影傳系二年級學生為主，屬於製作影片作業的一環。簡單來說……」

接下來老師再次重複之前說過的內容。包括製作期間與前後篇的製作、放映，以及與 Niconico 動畫合作。

「沒錯，今天在這裡看到的作品，回到家後可以立刻打開電腦瀏覽器觀賞。這個世界愈來愈方便了呢。」

會場內發出「噢～」的讚嘆聲。

（再過幾年後，就進入回家路上用手機觀賞的時代了。）

明年將會發表iphone的初代型號。之後將會一口氣從電腦進入智慧型手機的時代。

我愈來愈能深刻體會到，時代的轉換真是驚人。

「至於作品，各位觀眾請盡情觀賞。見到好作品可以鼓掌，不好的作品可以噓或毫無反應，別亂喝倒采即可。不過……」

這時候老師咧嘴一笑，頓了半晌，

「在Niconico動畫上留言不會顯示使用者名稱，所以可以盡情抒發感想。」

這句話讓會場頓時議論紛紛。

沒錯，彈幕會產生觀眾坦率的直接意見，而且不含揣測。

（關鍵在於會產生什麼樣的結果嗎……）

我雙手使勁，緊緊握拳。

「真是緊張呢。」

一旁的奈奈子也一樣，放在腿上的手緊緊握拳。

「噢，對了。」

我偷瞄一眼坐在不遠前方的志野亞貴。

她進入會場後，便與九路田團隊的成員交談，然後進入他們的隊伍中。目前她正與女性成員一起討論作品，同時面露笑容。

（終於能看到九路田團隊的作品了嗎。）

當然我也很期待其他團隊的作品。不過要一較高下，就是我們團隊與九路田團隊，兩部作品一決雌雄。

「那就開始吧。先從第一部作品開始觀賞。」

一號參賽作品的廣播聲響起，同時告知作品標題與團隊名聲。會場隨著鈴聲響起，安靜地變暗。

◇

作品接二連三在會場上放映。

我這句話可能很沒禮貌，但其他團隊在這半年到一年內，整體水準的進步都出乎意料。已經沒有作品在技術層面上犯錯，例如結構或臺詞聽不清楚等問題。比賽的水平提升至純粹比較內容的好壞。實際觀影過程中，許多作品吸引了我的注意力。

（畢竟大家都受過了篩選啊……）

目前由我們和九路田團隊較為脫穎而出。不過加上一二年級的課程與製作的話，很難說結果會如何。

一旦疏忽大意，其他團隊就會立刻超車。這場放映會其實相當珍貴，讓人再次做好心理準備。

接著，關鍵時刻終於來臨。

會場內的觀眾都知道，下一步要播放的作品是什麼。因此與之前的作品相比，議論紛紛的人變多了。

「接下來是九號參賽作品，九路田團隊的『藍色星球』。」

廣播聲響起，會場的氣氛頓時緊繃。

◆

八月，第一部作品的製作好不容易告一段落。這時候即將進入第二部的製作。

「第二部以此為主題，所有人都看自己手邊的資料。」

市內的會議室內，只有翻閱紙張的聲音平靜地響起。

紙上寫著『創造行星』這幾個字。

所有團隊成員都露出不解的表情望向我。

我帶著自信，向成員解釋主題內容。

第一部作品，我們描繪沉在水底的森林。以在水中自由游泳的女孩子為主角。先已經預料到，作品的高水準會讓觀眾讚不絕口。不過我的著眼點是帶有批評的反應。

簡單來說，像是除了女主角以外刪減了其他角色的描寫。或是作品怎麼解釋都行，光給出主題卻沒有明確的答案。或是以末世奇幻的作品而言，表現太過陳腔濫調……之類。

其實我早就料到有人會這樣批評，果不其然有這些意見。這些人不管以動畫呈現水的質感有多困難，也不在乎五分鐘的動畫中究竟塞了多少訊息。他們只會拿自己的批評套用凡事，胡亂解釋一通，簡直爛透了。

所以我下定決心。

這些嘴砲觀眾多半是受到第一部作品吸引而來的，我要以實力嘲笑他們。

前作中我刻意沒提到是否存在文明，也沒有描寫其他人物。這次我還讓半人魚女主角長了翅膀，在空中自由翱翔。我和監督反覆研討，設法讓動畫時間從五分鐘延長到十五分鐘，而且每個分鏡都不鬆懈。

而且最可怕的，莫過於志野的存在。

她在前作中以動畫表現水，這次突然提出「接下來想畫些不一樣的東西」。原本我就有這種打算，因此一拍即合。

針對要畫什麼，腦力激盪過後，她的提議是『密度』。前作中她思考過如何在白色的畫面內布局，這次她想加以濃縮。

「我希望畫面中有許多角色，而且全都有不同的動作，沒有任何角色的動作相同。這樣行不行呢。」

既然她如此開口，我當然只能回答「行啊。」

不過正常而言，要以動畫呈現這種概念的話，需要全日本最頂尖的動畫與色彩人員。所以我反過來向志野提議。

「無論如何都要製作的場景，希望志野妳能製作成彩色動畫。」

我知道這個要求也很扯，監督與盛戶都勸阻過我。可是我很確定，有志野在才能完成這種作品。所以必須抱持破釜沉舟的決心與她拚命，否則無法順利成功。

煩惱到最後，我說服其他成員，然後像志野本人提議。

「好呀～我原本就有這種打算。」

她的回答還是一樣笑咪咪。我心想，她真是可怕啊。

我拜託任職於東京動畫工作室的大學學長介紹，安排動畫製作流程與提供器材。還研擬了單獨販售這部作品的方案。這些事情都不難達成。

於是我們的作品大幅升級，從森林變成了行星。

這是明確的宣戰，目標是那些沒用的傢伙，以及凡事只會嘴砲的人。

◆

開頭，螢幕上呈現蔚藍的天空。

前作在海中，本作則讓觀眾聯想到天空，舞臺從這裡開始變得眼花撩亂。海上都市發展成獨特的樣貌，庭園飄浮在空中，人的背上長了翅膀。接著出現畫面躍動感十足的洪水，然後劇情銜接前作發展。

腳上有鰭的主角女孩再度出現，這一次同樣自由自在地遨遊。而且這次的活動範圍不是水中，而是天空。從草原到市中心大樓之間，在各種場所盡情飛翔。彷彿預測到觀眾心中『好想這樣啊～』的感覺，少女宛如在夢境中活動。

前作的劇情沒有這麼細膩，本作則連這一點都仔細補上。

少女是翼人族族長。她的妹妹，也就是作品中的主角渴望自由而離開族群。如今為了族群的危機又回到故鄉，為了族長四處奔走。姊妹的對話簡短而悲傷，卻又淒美。

結局在塵埃落定後，主角再度回歸大海。屢次嘗試挽留的姊姊為了不忘記彼此，交給她一顆寶石以供紀念。最後兩人一同高舉寶石的時候，天空出現白色的『ＦＩＮ』幾個字。

放映結束後，會場議論紛紛的同時，響起如雷的掌聲。觀眾鼓掌的時間甚至讓人覺得長達好幾分鐘。

志野亞貴與身旁的團隊成員握手，臉上一直掛著笑容。毫無疑問，她的名聲將因為這一部作品而大大知名。

「……這、這是什麼啊……」

奈奈子一臉茫然，呆呆地張著嘴。

「哇靠，太強了吧。我聽說他們比第一部更上一層樓，結果居然做出這麼可怕的作品……！」

貫之懊悔地反覆以拳頭搥大腿。

「哇塞，橋場，你知道這是怎麼做出來的嗎？」

火川則難以置信，這部作品出自於與自己同年的學生之手。

要說到作品對誰造成最強烈的印象，

「好厲害……實在太厲害了。我……我、我真慶幸自己喜歡亞貴學姊，以及亞貴學姊的畫……」

則是齋川。

她一直哽咽注視著已經放映完畢，呈現一片白色的螢幕。

正因為她對志野亞貴深深著迷，面對完成度登峰造極的作品，肯定內心大受震撼。

（這次對品質的提升真是徹底，讓人啞口無言呢。）

當然，我們事前就知道這次作品的品質很高。

不過老實說，我完全沒料到他們的作品會這麼猛，完全以實力輾壓別人。

面對如此輾壓級別的作品，我們的作戰能成功嗎。

「我們要與這麼強大的作品對抗嗎……真是討厭啊。」

貫之一臉苦澀地表示。

「恭也你怎麼看，總不會連你都說不出話來吧？」

我點點頭，

「嗯，完全說不出話呢。」

「拜託，你怎麼說這種洩氣話啊，這麼一來……」

「所以這樣就對了。」

「咦？」

「總之先看吧。」

一頭霧水的貫之，感覺頭上飄著好幾個「？」。

這也難怪。他肯定無法理解，為何我在這種狀況下還能這麼樂觀。

不過我早已確信。若是在這種情況下，條件齊全的話，我們就有機會與他們競爭。

（答案就在放映會之後……）

會場內的鼓譟終於平息，輪到最後一部作品放映。

「接下來是十號參賽作品，北山團隊△的……」

會場廣播開始播放。如此一來，漫長的製作期間終於畫上句點。

「『繁星之歌』。」

◆

這十年間，影音作品最大的變化是什麼呢。

我沒學過專門知識，所以沒辦法搬出艱深的理論。但是唯有一點可以確定。

那就是影音從『單方面觀賞的事物』變成了『一同觀賞，感覺，並且產生共鳴』。

早年是一群人一起觀賞影音作品。後來隨著媒體變化，逐漸變成了屬於個人的事物，距離也逐漸縮短。最短的距離應該是智慧型手機，以及影音網站。

聽說這次作業的前提是上傳至 Niconico 動畫後，我就決定了一個大主題。

那就是，

「將所有人拉到舞臺上。」

這個主題。

「就算你這麼說，但到底要怎麼做啊？」

貫之詢問理所當然的問題。

「對啊，說是舞臺，也不可能由我們找人上臺吧。」

「況且即使找了也無法確定會不會來呢。」

齋川和奈奈子都歪頭表示疑惑。

我對所有人的意見都點頭示意，

「我認為大家的疑問都有道理。該怎麼做其實沒有答案，就算我們找觀眾上臺，觀眾也肯定不會乖乖聽話。」

「那到底該怎麼做才好？」

思索的同時，火川手扠胸前，

「橋場在提出主題的時候，已經完全了解這些問題了。」

河瀨川一如往常地嘆氣，然後苦笑。

她露出確信的表情開口。

「說說看你究竟想怎麼做吧，橋場。」

我用力點點頭。

「我想說明另外一項武器，那就是。」

這是武器。

既是武器，也會化為傷害自己的凶器。

我身為一名創作者，卻同時深深干預他人的人生。

以前的文創內容從未開啟這個禁忌的潘朵拉盒，就是為了這一刻。

「那就是——共鳴。」

◆

這個世界失去了一切，甚至失去了盡頭。

女孩一直走，走到精疲力竭後遇見了歌姬，她想與歌姬一起唱歌。

可是明明想說些什麼，卻說不出話來。

即使試圖想起景象，但在她心中只有灰色的世界。

不論顏色，氣味，對比，或是手摸到的，肌膚感受到的，她完全缺乏這一切。

可是她依然想唱歌。

從空無一物的渴望，化為呼喊從嘴裡發出，然後逐漸找回語言。從「a」到

「i」，接著是「ai（愛）」

不久後，銜接在一起的文字化為語言，然後變成歌曲。

世界跟著一點一點，真的是一點一點，開始恢復形狀與顏色。

這既是我們，也是所有人。

這個世界有許多事物無法稱心如意。

我們到底能做什麼，又能說什麼呢。

以前，我曾對貫之嘗試過一些方法。

這些方法都朝非常巨大的意識集合體前進。

過程中沒有一絲強迫，但卻彷彿扎在心頭。

這既是故事，卻又不是故事。

曲子由奈奈子創作並演唱。從原本結結巴巴、破碎不堪的隻言片語逐漸形成完整的歌，完美地讓極微纖細的元素化為完整作品。貫之也在歌詞中注入自己的想法，逐漸呈現整個創造的世界。

視覺製作是最困難的一關。齋川煩惱了好久，才繪製出從灰色逐漸恢復色彩的印象。

於是完成了最棒的素材，由我們剪輯組製成動畫。光是曲子的部分就有七分鐘，整部動畫長達十分鐘。

由於接著九路田團隊的作品播放，原本有點擔心第一印象。不過奈奈子編寫的樂曲緊緊抓住了觀眾的心。開始後過了兩三分鐘，就帶領觀眾完全進入作品的世界。

（不論奈奈子、貫之與齋川，實力都很驚人啊。）

緊接著故事迎向高潮。

少女與歌姬・初茵一起找回了歌曲，

不久後，眼看原本失落的天空，逐漸恢復滿天星斗。

只要祈禱能實現，肯定會有許多星星從空中傾注而下。

聽到初茵這句話，少女便拚命唱歌，

希望這片天空出現星星。

曲子唱到感情的高點，劇情同時集中至一點。

現在放映會場內的觀眾，都在期待會出現什麼樣的星空，

眾人都滿心期待最後的發展。

來，讓我們見識一下。見識最棒的劇情，少女心中的星空。

副歌結束後，少女張開雙臂。

然後鏡頭朝向空中。

可是，螢幕上連一顆星星都沒有。

會場內隨即議論紛紛。

之前已經不斷炒熱氣氛，埋下伏筆，事前準備已經堪稱完美。結果高潮部分與預料中差距過大，亦即「期望落空」。

「照這樣看來，肯定會出現星空吧。」

也有觀眾默默地一直注視畫面，期待突然有星星出現。

還有人確認手冊，心想可能有什麼祕密。

可是畫面一動也不動。與細心創作的優美樂曲相反，夜空黑得很詭異。

「咦，這樣就結束了嗎？」

一開始困惑地竊竊私語的觀眾，聲音變得愈來愈大。在結束的字樣出現時，觀眾紛紛表達明顯不滿與牢騷。

「北山團隊△的作品『繁星之歌』到此放映完畢。」

動畫在觀眾議論聲逐漸擴散中結束，會場內亮起燈光。

觀眾的掌聲不算少。可是與剛才九路田組的掌聲相比，任何人都聽得出明顯差距。

只見觀眾一頭霧水地從座位起身。對於最後看到的神祕作品感到難以理解，推開沉重的放映廳大門後，觀眾紛紛離去。

目前四周依然聽得到觀眾不滿的聲音。我靜靜起身，召集團隊所有人。

「大家辛苦了，做得很好。」

一切都依照預定計畫結束。

◇

「這什麼啊，到中途還不錯，最後是怎麼回事？沒完成嗎？」

一旁的盛戶始終感到不解。

「不過沒差，我們肯定遠遠贏過他們啦。對不對，九路……」

我則一語不發，一直盯著螢幕。

「怎麼了，九路田？」

盛戶擔心地問我。

「欸，多開心一點嘛！我們贏得了最好的成績耶，贏過橋場的團隊，不是你之前一直說的……」

我打斷盛戶的話，

「應該還有東西。」

「啊？」

「我不明白，你到底在搞什麼鬼，橋場。」

聽得盛戶依然一頭霧水，

「拜託，就和剛才看到的一樣吧！沒完成啦，根本沒出現大家期待的內容。所以才會以那種方式結束，對不對！」

「…………」

我沒有進一步開口。

然後我直接起身，

「回去了。」

「咦？」

丟下茫然張著嘴的盛戶，我走向放映廳的出口。

「等、等一下啦，九路田！」

盛戶急忙追上來。

「別鬧了好不好，我們贏了耶，還是壓倒性的勝利。向團隊所有人說幾句話嘛，喂！」

他一直在我身旁喊叫。

可是我現在不想和任何人說話。

◇

「原來如此。」

在來賓席觀賞過所有作品的堀井，在最後一部作品放映後用力點了點頭。

他在會場發的手冊上寫下各作品的評語。尤其最後的兩部作品，他特別仔細地確認。

「就是這樣，很有趣吧。」

加納美早紀再度走近，向堀井開口。

「是啊，相當有趣呢。尤其是最後兩部。」

「嗯，就是那兩部。你對哪支團隊的成員有興趣？」

堀井略為思考了一會，

「妳的意思是我個人的意見，還是身為公司職員的意見？」

加納一臉苦笑，

「那我就兩者都問吧。」

「好，那麼藍筆打○的是我個人的意見，紅筆打○的就是公司職員的意見。」

堀井掏出兩支筆，在最後兩部作品分別畫上○記號。

然後將手冊遞到加納面前。

「怎麼樣？」

加納再度苦笑，

「哦～嗯，很有你的風格呢。」

說著，這次加納放聲大笑。

◇

「所以怎麼樣啊，恭也。」

貫之以平靜的聲音問我。

「嗯，這個嘛……」

我正要回答時，

「抱歉！我來晚了……放映已經結束了!?」

一聽就知道誰來到了會場入口。

「河瀨川辛苦……了？」

我們團隊可靠的主力成員依然穿著學生制服，這一點還算正常。但她卻頭戴廉價皇冠，肩上斜掛著一條『大藝大小姐』的肩帶。似乎跑得十分急促，喘得上氣不接下氣。

「啊、這個，呃，那個，對了！剛才發生很多事情，我很想說明，但更重要的是！」

河瀨川似乎連說話都嫌煩，走近我一問，

「……後來怎麼樣了？」

我靜靜地點點頭，

「放心吧，順利地結束——全部都結束了。」

第五章　文創領域，作品呈現

影傳系二年級的作品放映會，到此順利落幕。

一如事先通知，所有放映作品會以『秋季作業・後篇』的標題上傳至 Niconico 動畫。放映會的當天晚上，所有人都可以在網站上看到。

系上同學的熱門話題是九路田團隊的新作。

大學生做出正式的動畫，而且水平優秀，絲毫不輸給商業作品。讓人聯想到團隊成員有高手回歸。一下子不分年級，許多同學都想做出那樣的作品。聽說還有同學詢問能不能中途轉系，專攻動畫製作。

我們北山團隊的作品在系上幾乎沒有人討論。

即使有，也是稱讚奈奈子的樂曲，以及齋川繪製的畫面，沒有提到作品本身。根據我聽到的消息，沒有人提到我們作品在系上產生什麼重大影響。

之後過了五天、十天之後，系上同學的興趣已經轉移到下一次作業與自己的事情。當初像得了熱病一樣想製作動畫的同學們，幾乎都在認清現實後恢復平時的生活。

兩星期後，堪稱總結一切騷動的活動，在七號館的小放映廳靜靜上演。老師要總評前一陣子舉辦的比賽。

結果已經在網路上公布。幾乎所有參加過放映會的人，得知結果後都聚集在此地。

大家不是因為想知道結果才聚集於此。

所有人只好奇一件事。

『為什麼結果會是這樣。』

◇

「你想……問我？」

我再次反問九路田。

「沒錯。關於這種結果，我很想知道你當初是以什麼樣的想法，製作那部作品的。」

「哦……那如果我答得不好，你會怎麼辦？」

「這輩子都瞧不起你。」

我深深吸了一口氣，望向九路田。

他的獨特笑聲，以及從容的感覺，今天都潛藏在氣息中。

「是嗎，我可不希望這樣呢。」

這是我的真心話。

「在回答之前……能不能聊聊這次的作品？」

九路田點頭同意我的提議。

「也行，這樣更容易告訴你我的想法，好啊。」

◇

「在說明之前，先公布這次比賽的結果吧。」

加納老師手持遙控器，在螢幕上放出一張圖。

這一瞬間，會場頓時傳出「噢～」的鼓譟聲。

本次放映會有十部作品參賽。途中以排行榜的形式，顯示第一名到第十名。

在場幾乎所有人都聚焦在第一名與第二名。

所有人應該早就預測，第一名是九路田團隊的作品。他們的作品水準高得嚇人，反而是大家以為有機會對抗的北山團隊作品，卻在最後關頭虎頭蛇尾。幾乎所有當時在放映會場的觀眾都以為根本不用看排名。

正因如此，這個結果才跌破所有人的眼鏡。

第一名 北山團隊△『繁星之歌』

第二名 九路田團隊『藍色星球』

螢幕上清楚地如此顯示。

九路田團隊的作品第二名，北山團隊△的作品才是第一名。

這就是會場內眾人議論紛紛的原因。原本所有人看好的作品居然第二，留下疑問的作品反而第一名。

理所當然，所有人都難以理解。

「這種結果有問題吧，老師！」

九路田團隊的盛戶再度大喊。

「盛戶你今天還是很有精神呢。雖然似乎與平時不太一樣。」

即使聽到老師開玩笑，盛戶依然毫無反應，

「這個排名……還是有哪裡錯了吧？」

「不，是對的。確實在今天早上十點，計算三項數據的分數。」

「怎麼會對呢！當天在會場上，我們的作品最受觀眾歡迎，評價也很高耶！可是我們怎麼會變成第二名啊。」

「冷靜一點，盛戶。」

「這要我怎麼冷靜啊！因為他們，他們居然拿出最後沒做完的作品……！」

聽到盛戶這句話，貫之猛然站起來。

「喂，什麼叫我們的作品沒做完啊！」

「我有說錯嗎！所有觀眾都在期待星空，結果畫面卻一片黑！讓觀眾大失所望有什麼意義啊！」

盛戶大喊。

自己拚命製作的作品沒有獲得正確的評價，這是最懊悔的事情。何況盛戶還是製作負責人，也是鼓舞整體團隊的負責人。因此這種毫無道理的結果才讓他難以接受。

「老師明白盛戶的意思。下了這麼大的功夫創作的作品居然輸了，發洩心中的不滿很正常。而且，」

老師看了一眼顯示結果的畫面，

「盛戶說得沒錯，因為北山團隊△的作品的確沒完成。」

聽到老師這句話，學生們再度開始鼓譟。

「看，果然沒錯！那部作品果然沒完成嘛！」

面對再度理直氣壯地大吼的盛戶，老師平靜地開口。

「冷靜一點，盛戶。那部作品在那場放映會的當下，的確尚未完成。」

「咦……？這是什麼意思？」

盛戶一頭霧水，茫然地注視老師的表情。

爭論之際，放映廳逐漸變暗，螢幕上顯示電腦桌面的畫面。

「我的意思是，在放映會的當下尚未完成。他們的作品要上傳到 Niconico 動畫，才算正式完成。」

以盛戶為首，幾乎所有學生都一臉不解。

老師連接螢幕與電腦後，從瀏覽器開啟 Niconico 動畫。然後開啟北山團隊的『繁星之歌』。

「現在就向各位說明——這部作品的祕密吧。」

◇

「老實說，之前我就認為正面迎戰絕無任何勝算。」

志野亞貴的繪畫能力有多強大，我當然是最理解的人。

而我卻刻意安排她成為對手，還讓她在九路田的監督下創作。原本我打算同時讓齋川成長，以及激勵志野亞貴，才會如此安排。作品本身根本不用評價、比較，因為差得太遠了。

「可是你卻答應一較高下。是因為這次的比賽採用獨特的計分方式，對不對？」

我用力點了點頭。

「沒錯。正因為要上傳到 Niconico，我才發現勝利的契機。」

高品質的全彩動畫更容易成為加分項。相較之下，我們要做的ＰＶ不僅在品味與喜好上很吃觀眾，而且也很難明確區分到底是曲子很棒，還是畫面優秀。

不過若是 Niconico 動畫，那就不一樣了。

Niconico 原本就有強盛的ＭＡＤ文化，而且運用初茵的影片佔壓倒性多數。觀眾對ＭＶ的興趣原本就很高，好聽的歌曲與優質的影片結合在一起，更容易發揮一加一大於二的優勢。

「在 Niconico，創作者能成為觀眾，觀眾也有機會成為創作者。比起距離遙遠的職業級作品，與觀眾距離近的影片更容易受到歡迎。這也是你的目的嗎。」

原來九路田早就看穿這一步了嗎。

那他為何要答應賭注……即使心中有疑問，我還是先公布答案吧。

「沒錯。共鳴與參與，這才是我們影片的主題。」

九路田發出平時嘻嘻笑的聲音。

「這樣一切就說得通了。噢，原來如此啊。怪不得你作品的核心思想觸及任何人可能都有的內心故事。還略微降低觀賞年齡，以及堅持簡單易懂，原來這才是一切的原因嗎。」

「沒錯。詳細製作過程我無法插手，唯有動畫本身的發展幾乎完全照搬了我的意圖。」

第一部作品充滿謎團，第二部則是解法。

連續出現難念、難懂的詞彙。但是我設計成觀眾不需要理解，當然知道了會更有趣。

舉凡影片說明欄與簡介，任何能藏祕密的地方我都事先埋了引信。設置的數量多不勝數，能順利引爆最好，沒爆也無妨。

這些「炸彈」在上傳當天就立刻發揮效果。謎團引發更多謎團，這種安排能激發觀眾的討論，聊起來更容易感到開心。由於我在影片中安排許多反覆觀看就能看懂的要素，所以愈來愈多人重複看，讓播放數與我的清單數與日俱增。

觀眾當然也會在留言欄內討論。

同樣地，討論數量會水漲船高。

「相較之下，我們的作品……沒什麼能討論的地方嗎。」

九路田似乎也明白了這一點。

「沒錯。所以在放映會當天，聽到觀眾讚嘆動畫太神，無話可說的時候，我就確信我們會贏。」

如果是爭取名次的比賽，或是有評論家，高品質的作品較能激起討論，也容易引發話題。

但那是在劇院放映的正規作品才有的現象。

像這次面對廣大網民公開的作品，大家會看得入神，很難留下感想。頂多只會寫下好厲害，很有趣等意見。

我認為，這才是兩部作品分數差距的原因。

「這就是我想到的製作計畫，如何？」

即使九路田點頭，

「最後。」

「咦？」

「最後那一幕，你是什麼時候想到的？」

「噢，那個啊……」

影片最後的大餌，我認為只要觀眾上鉤，整部作品就算成功。

「從一開始就想到了。整部企劃是從這一幕開始的。」

「你說這一幕……？」

九路田的語氣似乎有些難以置信。

◇

「這是什麼啊……？」

注視螢幕的盛戶，表情比剛才更啞口無言。

「這才是這部影片的真正高潮。」

說著，老師的視線回到畫面上。

夜空的場景在放映會的時候，的確還是一片黑。

但是毫無疑問，如今在放映廳透過 Niconico 動畫播放的影片，已經是一片滿天星。

「依照之前劇情的安排，這一幕顯然不該沒有星星。可是與動畫產生共鳴的觀眾會明白，星星要靠自己點綴上去。而且無邊無際地拓展。」

老師向以盛戶為首的所有學生解釋。

「沒錯，這些星星……全都是透過觀眾的留言描繪的。」

這是由符號、文字組合而成的 ASCII 藝術。

觀眾以不同的方法與表現方式，讓夜空出現星星。

比起精心製作的影片，這種方式或許比較粗糙。

うおおおおおおおおお
～俺らで星空にしよう

不過以前『只能看』的觀眾，如今有機會參與製作。想到可以在一片漆黑的畫布上畫些什麼，觀眾也會格外投入。

「這一幕有兩個祕密。」

老師暫停畫面後，環顧所有同學。

「第一是提議由觀眾參與才算完成，也叫做參與式影片。第二則是這一次的計分對象，留言數。」

會場內跟著響起幾聲「啊」。

「星星的數量十分龐大。接二連三出現星星，流過畫面。Niconico 動畫能顯示的留言約為最新的兩百條。觀眾在這部影片內甚至利用留言欄解謎，星星的流動當然也會隨時改變。換句話說，留言會不斷新陳代謝。」

留言總數會不斷累積，在替換的同時添加龐大的留言數量。

「現在各位明白了吧?本作品為了求勝，針對這次比賽採用了最佳化的設計。」

聽得盛戶頹然坐回椅子上。

「居然還有這種事……」

老師略為吁了口氣，

「老實說，純論影片完成度的話，這次九路田組的作品的確出類拔萃，非常好。這一點我也沒有意見，不過。」

然後表情嚴肅地注視同學。

「這一行，不，這個世界上，優秀美好的事物不一定永遠都是最好的。要加上所有綜合要素，甚至有運氣與時間的惡作劇，這樣才有機會誕生大紅大紫的作品。」

老師坐在椅子上後，影片隨即停止，螢幕捲起收回。

有如確認放映廳變亮般，老師以平靜的語氣繼續說。

「這次比賽的目的，就是為了讓各位同學了解這一點。影片這種媒體在未來會有巨變，回到家看電視的常識可能再過幾年即將消失無蹤。」

所有學生都專心聆聽老師的說明。

「作品要考慮的不只是內容，還有媒體形式，然後創作。今天的課就到此為止。」

◇

「觀眾在 Niconico 這種媒體不只單純看影片，還會參加。而且在看影片的人也有很高的參加欲望。」

所以我才決定在影片最後，情緒最高峰的一幕中加入觀眾能積極參加的場景。

不，是透過反向計算，安排該處成為全片的高潮。

「除此之外，初茵的視線與歌詞等許多部分也考慮到觀眾的描寫。這也是針對結尾的伏筆吧？」

我點點頭，

「九路田，你看到那一幕的當下就發現一切了嗎？」

「不，我當下沒看出來……是事後才發現的。既然要比播放數、我的清單數與留言數，我就料到你會事先布局，讓這三項數值飛躍性增加。所以發現祕密時，我就明白了。」

他說放映結束後他依然在思考，回家途中才發現。

「回家後我一播放，發現上傳才過了一小時，但是留言的星辰已經在那一幕飛舞。當時我就心想，勝負揭曉了。」

「……是嗎。」

原來我一直在和了解如此透徹的對手比賽啊。

即使覺得九路田果然很厲害，我依然有些在意。

「我也可以反問你一個問題嗎？」

「嗯，行啊。」

「你明明已經知道這麼多，為何不在作品中安排針對 Niconico 設計的場景呢？第一部作品姑且不論，第二部應該到處都可以添加吧。」

沒錯，既然他大致上知道我的布局，為何他不反過來將計就計呢。

動畫雖然不容易中途修改劇情，但只要事前知道，應該就能採取某些行動。

「也對，的確可以。」

「那你為何……」

「但是我辦不到啊。」

「咦……」

九路田的表情嚴肅到可怕。

「橋場，問你一個問題。」

見到他的表情，我也忍不住全身緊繃。

「你究竟在你們的作品……注入了多少影視作品的未來？」

一瞬間，我感到喉嚨深處緊張地發出聲音。

因為抵著我脖子的刀刃，讓我明確感受到危機。

「既然我從事製作人這一行，就要為每一部創作注入力量，讓成品有機會成為名作。因為我一直認為，這是在文創界打滾的人肩負的使命。不論條件有多差，多麼沒有價值，但只要想到哪怕還有一人看這部作品……照理說就無法半途而廢。」

這句話讓我忍不住覺得，簡直在形容尚未穿梭回過去之前，以及製作同人遊戲時的我。

「創作者不受阻礙地做自己想做的作品。製作人只要決定大綱，創作者偏離了才加以修正軌道。但如果來自外界的因素跨越大綱，即將危害到創作者，製作人就該拚命保護。不對嗎？」

「……沒有錯，你說得對。」

「那我再問你。我承認，你們那部作品的確很厲害。但我也覺得太偏向媒體，劍走偏鋒了。難道你喜歡這樣嗎？你能問心無愧地說，這就是你想做的嗎？」

這個問題真可怕。

是在強烈質疑我的生存方式。

九路田肯定不會讓我逃避回答。即使代價是對我沒有實際損害的輕視，可是我比任何人都明白，他的輕視等於否定我的人生。

我該怎麼思考。

該怎麼回答。

該怎麼定義人生。

回答九路田，就等於回答我今後的人生要怎麼走下去，身為製作人該如何自持。

我思考了很長一段時間。維持相同相同姿勢長達幾分鐘。連九路田都一動也不動，一直注視我的動向。

然後我這樣回答。

「九路田，我一直──想帶領身邊有才能的人成為最頂級的行家，一個都不錯過。」

「你要這麼說的話，不就根本不該做出那種作品嗎？」

「不，有必要。」

我如此斷定。

「Niconico 動畫這種媒體還不成熟。不過正因如此，目前氣勢如虹。會上去看影片的觀眾，幾乎都是十幾歲的人。」

這時候，Niconico 還是很年輕的媒體。

雖然規範與道德還很混亂，不過很有力量。

「可別以為除了爆紅以外一無是處的媒體不成熟，就無視它的存在。這樣勢必會減弱身為創作者的敏感度，說難聽點就是會落伍。這是我的想法。」

就像電視取代了盛極一時的電影一樣。

如今即使是充滿負面消息的網路，也依然蠶食鯨吞了傳統電視的觀眾。

總有一天，網路同樣有可能受到某些火熱的事物取代。

其實我認為，創作者如果純粹創作的話，任何心態都無妨。

但如果要利用商業媒體創作，就必須隨時留意在什麼地方發表。該媒體具備什麼性質，以及有什麼規範。

創作者要是懈怠偷懶而疏於調查，之後會有什麼下場呢。我們已經看過太多慘痛的教訓了。

「所以這是有必要的。九路田你們的作品擁有超一流的水準。但我希望讓大家明白，只要針對媒體具備的可能性下功夫，照樣有機會超越你們。」

說到這裡我停下來。

我想說的全部都說完了。

「——就這樣。」

即使我說完，九路田依然默默看著我。

他看了我很久。漫長到我甚至覺得，他在和我剛才思考的時間較勁。

（難道不行嗎……？）

這麼久不開口，難道要否定我嗎。在我左思右想時，九路田終於，

「嘻嘻，你果然很厲害呢。」

突然恢復平時的語氣回答我。

「我看不慣你的作風，也不爽你這樣居然還能拿出成果。我討厭你那張特別會打嘴砲的嘴，也不喜歡你的作品。」

看來似乎不行。

我的觀念與想法似乎沒有傳達給他。

「不過剛才這篇論述……的確很出色。」

「咦？」

「因為那是我缺乏的部分啊。我最討厭的就是媒體，我的個人原則是即使會利用，但我絕不深入。細節我就不說了，我知道有人過度沉浸在媒體中，滿腦子都是媒體的毒素。與其去了解毒素的滋味，我還寧可專注於提升作品水準，只在必要的時候稍微接觸媒體。」

九路田這番話，其實說出了製作人立場的難處。

創作是針對作品內容，往外推廣則會受到其他道德或正義的影響。創作者如果太頑固，會將作品推向小眾市場。可是太過開放的話，九路田口中的『毒素』會侵蝕全身，將創作者吞蝕殆盡。

「但是你不僅知道這一點，還刻意讓團隊成員嘗試接觸。你明明知道這是毒素。即使我懷疑你腦子有問題，不過聽完你剛才這番話後，我覺得還是有這個必要。」

「其實我也在摸索啊。正因為一無所知，才會每一次都思考許久。」

「嘻嘻，也對。製作人就是靠動腦筋混飯吃的。如果開始依靠習慣與人脈，還不如當個吉祥物算了。」

原本固執的矜持彷彿從九路田的表情中消失。

「真是諷刺啊。」

宛如自嘲般，九路田露出僵硬的笑容。

「我原本想對大眾報仇，結果還是輸給了大眾的力量。」

「報仇……？」

「是我自己的問題，別在意。」

他做作地張開雙臂，擺出惋惜的表情。

「總而言之，我似乎不用輕視你了。不過話說回來，我對你也沒有好感。」

「那太好了。」

我也同樣一臉可惜。

「我對你也抱持敬意，但同樣沒有好感。」

頓了半晌，我們兩人都忍不住大笑。

仔細一想，這就像我們剛見面時的第一反應吧。

說不定這就是俗話說的『不打不相識』。

◇

結束與九路田對談後，我獨自前往影傳系研究室。

即使剛才那堂課可以自由出席，不過兩名團隊領導都大方翹掉全系的必修課程。

我覺得還是得向老師道歉才行。

「上課後我放眼望去，見到你們沒出現，馬上就猜到你們可能跑去其他地方會面了。」

「真的很抱歉。」

「沒關係。畢竟對人生而言，這種對話遠比上課重要多了。話說怎樣，你們有打一架嗎？」

我咧嘴一笑，

「有啊，雙方上演了一場無硝煙的戰鬥呢。」

「是嗎，太好了。」

老師似乎心情很好，始終面露笑容。

一如往常隨便泡了杯咖啡後，隨手將杯子放在我面前。

然後老師坐在我前方，

「話說你在哪裡學到那種方法的？」

這樣問我。

「不是在別處學的。是我觀察 Niconico 後，發現這裡有固定的風格。如何利用這種風格則給了我提示。之後我憑自己找到主題，成果就是那部作品。」

「哦？」

「如果利用網路發布作品，就要設法在作品中讓觀眾產生反應。我認為今後我們必須意識到這一點。」

以前的影視作品有相應的管道可以抒發感想。電影有媒體評論，電視節目在學校或職場會成為話題。遊戲也有相同的管道，自從網路誕生後更不愁無處討論。

但是我認為，這些管道都沒有脫離遠觀的範疇。沒有徹底發揮網路的特性，或者說缺乏實時性。

不過全世界的網速愈來愈快。一旦可以直接在網路上觀賞影片媒體後，兩者便迅速融合在一起。

我認為 Niconico 動畫，包括獨特的留言系統，其誕生是時代的必然趨勢。

「所以我們的作品只能在這個時間點創作。就這點而言，我相信我們的作品是有意義的。」

老師僅回答了一句「是嗎」。

然後略為思考一會，老師開口。

「我們系上的授課內容都在教同學，如何利用封裝後播放的媒體創作影視作品。之前這樣是理所當然的。不過你們這一次的作品完全不符合以上定義。說起來有點像遊戲或ＣＧ藝術，從根本上改變了影傳領域。」

「……我知道。」

「老實說，我很傷腦筋。以老師的立場，九路田團隊的作品應該得滿分。給他們打高分是以前的做法。可是考慮到未來，奪冠的就是你們的作品。這一點並沒有錯。」

老師筆直注視我，視線彷彿要射穿人。

「所以我希望你發掘可能性。別只為了贏得比賽，將這次的作品當成消耗品。我希望你能提高作品水平，達到足以成為今後的標準，你應該有能力做到。」

我點頭同意。

現在的我還沒有這種能力。所以作品才會下這一步險棋。

不過總有一天，我和他們一起合作後，應該有機會實現這個理想。正因為我如此相信，才會找貫之回來與志野亞貴對抗。

理論上，這一切都與未來有關。

「所以說，接下來你有什麼打算？」

「打算是什麼意思呢？」

老師喝了一小口咖啡。

「你應該已經知道了。這次的作品公諸於世後，志野她們都會獲得進入職業領域的入場券。但那是因為她們是創作者，身懷某些技術。」

端著咖啡杯的手靜靜地朝向我。

「在眾人展翅翱翔後，剩下的只有留在核心的人物。橋場，到時候你有什麼打算？是要追上他們的腳步，還是繼續念書？你會怎麼選擇？」

「這個……」

結果我完全答不出來。

想起貫之說的話。大家都踏上了職業這條路。決定方向後往前進。

我明明在背後推動大家，結果最重要的事，自己的方向至今尚未確定。

「我還不知道。」

這是我唯一的回答。

「——先好好想想吧。」

老師以平靜的聲音表示。

◇

太陽完全下山後，我走在回共享住宅的夜路上。

「唔……開始變冷了呢。」

學園祭結束後又過了一陣子，與其說是秋季，其實正逐漸接近冬季。

心想差不多該拿禦寒衣物出來穿了，我同時思考接下來該怎麼辦。

要做的事情堆積如山。不只團隊成員的未來，還包括我自己。即使一部作品結束，還得再思考下一部作品才行。

「其實能沉浸在完工後的餘韻時間……真的很短呢。」

業內人士似乎還有充電假期。不過我倒想問問他們，實際上究竟有多少人能真正放鬆精神。

「接下來要怎麼做，是嗎。」

如果要繼續念書，從大三就要煩惱專攻科目，以及思考就職的問題。

不過我的重心不在那裡。志野亞貴、奈奈子，以及貫之都逐漸發現自己的未來，並且展開行動。我該怎麼面對眾人的決定呢。是現在尋找可以並肩作戰的方法，召集大家一起來呢。還是進入提升自我的階段，有朝一日再聚首呢。

我有目標。可是方法有好幾種，而且我十分猶豫。

如今的我一直深陷思考的漩渦中掙扎。

可能一邊心想一邊走路的關係，直到我發現有人站在家門前，我才知道自己已經接近共享住宅。

「咦……？」

「橋場學長，辛苦了。」

向我鞠躬致意的人是齋川。

「怎麼了嗎，齋川，為何在這裡？」

真是出乎我的意料。

其實我很少與她私下交談。只有在跟蹤狂風波時才稍微有機會。

目前她和我們一起住在共享住宅，而且住宅內總是有人在。所以根本沒機會與她獨處。

可是她卻特地來到外頭，營造獨處的機會。

除非有什麼特殊情況，否則其實沒必要這樣。

（究竟怎麼了呢，她有什麼事要找我嗎。）

在我心生疑問時，她率先開口。

「有件事情想和橋場學長商量。現在方便聊聊嗎？」

「是可以啊，不過要在這裡嗎？如果換個地方比較方便也無妨。」

「不用，沒關係。在這裡完全沒問題。」

我點頭同意後，齋川深深吸一口氣。

然後，

「其、其實，我也……！」

露出左思右想的表情。

「欸，不會吧？」

難、難道……

一瞬間我想起自己和奈奈子之間的事。

可是我和齋川幾乎沒什麼交集。真要說的話，記得她似乎對女孩子更感興趣。她對我幾乎不感興趣，我甚至不記得和她聊過創作以外的事情。

不過依照目前的情況，很有這種可能耶！應該說在這種任何人都有可能看到的地方開口，這樣真的好嗎！

「齋、齋川，呃……」

「我也想製作動畫!!」

「…………………啊？」

時間彷彿當場停止般，我和齋川都一動也不動。

「動畫……是嗎。」

「是、是的……」

只有搞笑的風聲『咻～』一聲，在平靜夜晚的鄉下小鎮響起。

終章　下一目標，今後打算

「突然有人叫住我，帶我前往陌生的地方，還給我三號的號碼牌。我向對方說我有急事，對方的回答是活動結束就立刻放我走，拜託我上場。我還說了好幾次，對方肯定認錯人了。結果對方居然下跪，說事到如今只能讓我上場。我說我搞不清楚情況，只會亂說話害自己在第一輪選拔遭到淘汰，這樣也行嗎，對方說沒問題，讓我上臺。就這樣我變成了三號，河瀨川英子。老實說我覺得大藝大小姐很無聊，只想趕快結束後離開。我說我喜歡吃壽司，討厭的動物是鱷魚，因為牙齒很多看了很害怕，結果所有評審聽了哈哈大笑。我在舞臺上大吼，你們是不是有病啊！結果大家都很開心，會場氣氛也沸騰。我氣得心想這些人腦子難道有問題嗎，想離開會場回家，結果說我進入最後評審階段。聽得我大發雷霆，啊??我怎麼沒聽說啊??工作人員卻說我第一名晉級，懇求我上臺，還說最後選拔要唱首歌。我又不像奈奈子真心喜歡，告訴對方我討厭唱歌，結果對方又不斷拜託，唱童謠也好什麼歌都好。於是我想起以前父親唱的，好像叫情感歌謠吧?我唱得很抒情又起勁，心想這樣總該嚇到會場觀眾了吧，偏偏卻大受歡迎。在我啞口無言之際，司儀宣布『您獲選成為大藝大小姐！』我大吼說別瞧不起人！結果會場掌聲如雷。拜託，真的很累人耶!!」

以上是河瀨川英子對於為何獲選（？）成為大藝大小姐的個人感言。

◇

公布比賽結果後，系上真正恢復平穩的生活。

我們影傳系學生在即將升上三年級之際，開始意識到要選擇學程。必須決定要專攻哪一方面，像是電影、ＣＧ或動畫之類。

不過我現在光是思考大家的事情就忙不過來。我天天思考今後的發展，並且一直採取行動。

於是我決定稍微回顧過去。

先聊聊最近的事，也就是齋川。針對她想製作動畫的希望，我認為首先該找他談談。

「所以你找我有什麼事？」

還是老地方，舊二餐上頭。

我找九路田來到該處。

「我就開門見山問了。九路田，今後你有什麼打算？」

「我不念了。」

他說得很乾脆。

「其實我還有一些想學的內容。不過我已經盡可能針對工作擬定企劃，也安排了今後的多元化發展構想。所以我不念了。」

其實我之前就隱約猜到了。

某種意義上，九路田已經完成了在影傳系能達成的所有目標。因為他的作品水準比三四年級拚命製作的畢業動畫強了幾十倍。

如此一來，他在系上能學到的知識就極其有限。就算要選修個別的專業課程，他也不打算提升太多製作以外的技術。如此一來，接下來等待他的會是，

「反正我只能走職業這條路了。我現在沒有別的選擇，非進這一行不可。」

「為何沒有別的選擇？」

「因為有投資人找上門，要我成立工作室製作動畫了。原本連續為兩部作品提供資金的製作公司，看過成品後便如此決定。連代理商都加入，即將成立製作委員會，預定於二〇〇八年底在電影院放映。」

我覺得某種意義上，九路田贏了。不是指公布成績當下的數據，還包括今後的發展。

實際上，那部作品已經逐漸在圈外出名。才有機會獲得這次的注資吧。

「好啦，我已經說完接下來要做什麼了。然後呢，你有什麼要求？」

我從口袋取出那張紙。

「你還記得這個吧？」

這是在製作步入佳境時，我們兩人打賭立下的誓約書。

只要現實中做得到，就必須接受對方的一項任何要求。

以結果而言我贏了，所以我贏得權利，要求他實現諾言。

「嘻嘻，你果然記得嗎。因為你一直沒提及，我就猜到你會看準時機提出要求。」

「那我就不客氣了。你知道我們團隊有個叫齋川的女孩吧？」

「嗯，當然。她好像是美術系的，我心想她畫的畫難度很高呢。」

「我希望讓她進入你的團隊。」

九路田的表情抽動了一下。

「這就是我對你提出的要求。」

他思索了一會，然後開口。

「齋川她……不是應該在你的底下培養嗎？」

「我的確這麼想過。可是我已經沒有什麼能教現在的她了。」

更重要的是，齋川她想製作動畫，還拜託我幫忙介紹九路田給她。

◆

那一天齋川告訴我，她想製作動畫。

我為了詢問詳細內容，再一次找她談談。

然後她突然要求我介紹九路田團隊給她。

「真的要這樣嗎？」

我向她確認後，她毫不猶豫地回答「是的」。

「可是志野亞貴已經不在他們的團隊囉？妳依然要和他們一起創作嗎？」

齋川再度點頭表示「對」。

「這次與各位學長一起創作的作品非常有趣。我學到很多，覺得自己的世界變得更開闊。這讓我明白，思考觀眾的需求創作作品是非常困難的事情。」

說到這裡，齋川頓了半晌，

「……不過，九路田同學團隊的作品卻給我更強烈的衝擊。」

有如回憶作品般，抬頭仰望空中。

「我感覺自己受到暴擊。原來一心提升至極限水準的作品，足以讓人感動到發抖呢。」

播映會結束後，齋川依然反覆看了藍色星球好幾遍。

她並未告訴別人自己的感想。我想她肯定自己反芻、理解，並且仔細觀察過，當成自己接下來的方針吧。

「然後我想到了。接下來我想做的是這件事。」

專心一志追求品質。對於始終獨自畫畫，孤軍奮戰的她而言，的確是相當有魅力的舞臺。

「真抱歉，難得各位學長拉我加入團隊。」

「不，身為創作者，有這種感覺很自然。」

之前我說過很多次，純論作品水準的力量，我們比不上九路田團隊。

如果齋川能不戴有色眼鏡觀賞作品，並且做出判斷，我反而應該感到高興。

「我非常喜歡亞貴學姊，以及亞貴學姊的作品。即使現在依舊如此。但如果我繼續和學姊創作，眼裡可能就只有亞貴學姊的背影。」

然後她深呼吸一口氣，接著開口。

「我認為喜歡而想和學姊在同一團隊，並且對話，與視學姊為目標是不一樣的。看到亞貴學姊的那部作品後，老實說，我感到距離相當遙遠。覺得學姊已經遠遠甩開了我。」

齋川露出感慨良多的眼神，再度望向我。

「……所以我不想盯著學姊的背影，而是獨自努力一段時間。畢竟這不是一下子追得上的距離，我不會以任何人為目標，要盡自己的全力。」

當初我接近她的目的，是希望她與志野亞貴較勁。

如今我的目的達成了。不過齋川已經青出於藍，甚至不滿足安於現狀。她進步的速度遠超我的想像。

「齋川……妳……」

如今的她已經是優秀的創作者，而且比我原本預料得更優秀。

「我知道了，那我去問問看。」

「感謝學長！」

向我道謝的齋川，表情非常燦爛。

◆

「……就是這樣。再一次拜託你讓她加入。」

「嘻嘻，真沒意思。你的計畫也未免太順利了吧。」

即使九路田露出笑容，依然略為皺眉。

「抱歉，不過現在就讓我利用一下吧。」

「行啊。但是我們團隊很操喔。過勞倒不至於，但會提出離譜的要求。」

我十分確信。

九路田是優秀的製作人，保證貨真價實。

而且考慮到未來的發展，讓他與志野亞貴聯手的意義非凡。

「如果你贏了比賽……會希望志野亞貴加入你的團隊？」

他毫不猶豫回答我。

「問這個問題就太不識相囉。看就知道了吧。」

這個答案已經夠充分了。

志野亞貴已經成長得十分亮眼。是九路田讓她成為如此優秀的創作者。

「我問你，橋場。」

聊到最後，九路田又加了一句。

「在你心中……志野究竟是什麼樣的創作者？」

聽得我內心一驚。

因為這句話已經清楚表明，他也知道志野亞貴的地位特殊。

「她很強——真要說的話，她就是這樣的創作者吧。」

她透過畫畫克服一切，並且往前進，包括家人，以及她自己。我從中感到她的堅強。

「原來如此，我也有同感。」
即使九路田點頭肯定我的意見，
「不過我猜想，志野她愈堅強，就有某些地方愈脆弱。」
「你說脆弱？」
「是啊。即使我不知道什麼事情會觸發，但是像她這樣能如此專注並執行一件事情的人，不可能對凡事都有抵抗力。配點愈極端的人，肯定會有意想不到的弱點。」
他說得沒錯，我心想。
「我認為志野是很厲害的創作者。我希望有朝一日再度和她攜手創作。所以橋場，你要幫我保護她啊。」
「……嗯，我知道。」
「噢，我拜託你好像怪怪的。忘記我剛才這句話吧，再見啦。」
九路田搖搖頭後，隨即離去。
雖然我第一次見到這樣的九路田，但這代表志野亞貴具備如此特殊的事物吧。
「脆弱，是嗎。」
她曾經在未來放棄畫畫。我猜想，同樣的事情在現實中可能也會上演。
說不定總有一天，在她身上會再度出現這種契機。
目前我完全不知道，屆時我究竟能如何幫助她。

◆

至於志野亞貴，即使九路田團隊的製作結束，依然疲於應付如潮水般來自各界的聯絡。

「志野亞貴，情況如何……似乎不行呢。」

一進入房間，就見到哭喪著臉面對電腦的志野亞貴。

即使發出『嗚嗚～』的哀號，回覆郵件的工作卻始終沒有進展。

「總之換我來吧。從這邊開始回信就可以了嗎？」

「嗯，恭也同學謝謝～你真是救世主呢。」

志野亞貴終於露出鬆口氣的表情。

藍色森林，藍色星球兩部作品發表後，志野亞貴收到了龐大的感想與粉絲信，而且不分男女老幼。

由於不可能一一回信，她決定暫時擱置。現在才會需要我幫忙回信。

「我看看。感謝您的聯絡。不好意思，目前我們收到非常多來信，正在依序回應。因此非常抱歉，敬請暫時等待我們的回覆……這樣。」

另外即使還不多，但已經開始有工作找上門來。

志野亞貴具備超群作畫力，可是目前還太年輕，估計各方都還在觀望。但只要留下任何實際成績，就會獲得肯定而收到大量委託。

「這封信也先回覆對方吧。」

明顯看得出是委託內容的郵件，我都逐一分類到寫著『工作用』的檔案夾。

有些來信希望志野亞貴盡速回覆，或是很想委託她工作。我都在回信末段加上一句『不好意思，敬請以郵件另行告知詳細內容』回覆對方。如此一來，無論如何都想立刻確認，或是委託志野亞貴工作的人，應該會進一步聯絡。

「得先決定該如何回覆才行呢。」

關於這件事，志野亞貴還不知道該如何應對。

即使她喜歡畫畫，可是這年頭有許多人會面不改色地濫用她的熱情。即使我和河瀨川充當防火牆，事先幫她剔除這類不肖分子，但依然無法完全阻擋披著正式公司外皮的有心人。

（再加上……）

更重要的是，志野亞貴今後的走向也是問題。

她之前從未在商業領域接過繪畫工作。如果要走這一行，就必須與外界的負責人或公司交涉。

這些事情要由她自己來做，還是要找人負責呢。

「好，已讀部分暫時回覆完畢。」

「謝謝～那麼我先看看未讀的郵件囉。」

與志野亞貴交換電腦前的座位後，她以數位板一一點開郵件。

目前先由志野亞貴過目所有郵件。再確認她感興趣的部分，其他郵件則仿照剛才的方式，暫先回覆對方。

「來信聯絡的人真的好多呢。」

喀噠喀噠，數位板的按鍵聲在寂靜的房間中響著。

我一邊留意避免打擾志野亞貴，同時詢問。

「志野亞貴，妳打算直接走畫畫這一行嗎？」

原本以為她會思索很久才回答這個問題，

「……嗯，想啊。」

出乎我的意料，她迅速開口。

「不久之前妳說過還無法確定，現在改變心意了嗎？」

「對呀，之後我一直在想，今天早上才下定決心喔。」

志野亞貴的回答很柔和，卻透露出她的堅定意志。

「與九路田同學的團隊共同創作，上傳到許多人觀賞的網站，讓眾多觀眾看得開心。一開始我曾經想過，為何要找我這種缺乏能力的人，但是我後來感到非常開心。」

數位板的圖示略為移動至不同位置，然後螢幕跳到上傳藍色星球的 Niconico 動畫網址。

即使沒有彈幕那麼誇張，不過在每一個場景都有人留下感想。代表這些人可能真心喜歡這部作品吧。

「我心想，既然我也有能力畫畫，那就趁有人希望我畫的時候，從事畫畫這一行吧。雖然有點不好意思，但我想試試看。」

從窗外傳來風呼嘯而過的聲音。根據天氣預報，天氣會稍微轉壞。

窗框略為擠壓，發出喀噠喀噠的聲響。志野亞貴平淡說出的這句話逐漸沁入心脾，在我的心中擴散。

「我贊成。因為我想多欣賞志野亞貴妳的畫。」

「謝謝，畢竟恭也同學你會一直鼓勵我呢。」

嗯，我當然會，而且今後始終如一。

◇

最後志野亞貴決定從收到的郵件與委託中，選擇在雜誌上刊載單張插圖的工作。

實際回信後，似乎立刻聯絡到出版社的負責人。

「結果如何？」

「放心吧，之前找加納老師討論過，老師說似乎沒問題。志野亞貴也說對方很容易溝通呢。」

「那……那就好。」

奈奈子這才放心地鬆了一口氣。

「話說奈奈子妳的決定呢？這次唱歌的事情該做決定囉。」

「唔……也對，現在輪到我了呢。」

奈奈子也開始受到作品帶來的影響。

發表的歌曲在ＭＶ的加持下逐漸形成話題，和志野亞貴同樣收到許多人的感想。

然後她收到了幾件合作的邀約。像是做了這首曲子請她唱，或是請她製作配合這種世界觀的歌曲。

雖然有許多邀約沒有提供報酬，卻也有許多人氣的 Vocaloid 製作人。其中有幾項委託我推薦她接受，因此之前建議過。

（或許當初不該告訴她，委託對象很受歡迎……）

知道這件事情後，似乎增加了她的壓力。

「嗚、嗚嗯……好想吐。」

所以她從剛才就像這樣，一直央求我反悔。

「明明即將要發布曲子，怎麼又臨時變卦呢！拜託別反悔了，可以發布了吧。」

「可、可是！那是因為！我直到去年還在DOWSON打工，只是靠蹩腳的卡拉OK歌聲轉換心情而已。現在卻要我發布曲子……嗚、嗚噁……」

難道奈奈子還染上了一緊張就會嘔吐的毛病嗎。

「對了，有句話可能說得太晚了些。不過我認為這次製作PV，因為奈奈子的曲子真的非常棒，才有機會成功呢。」

「真、真的嗎……？」

「是啊，否則觀眾才不會透過發表感想的方式共襄盛舉呢。」

實際上，奈奈子的唱歌實力出類拔萃。在作曲與編曲方面能發揮那麼強大的力量，堪稱成果豐碩。

身為創作歌手，N@NA獲得相當高的評價。如今奈奈子正一點一點接近這個目標。作品讓人有這種感覺。

「既然恭也你這麼鼓勵我……那我就試試看吧。」

「嗯，我認為勇於挑戰不是壞事。」

奈奈子點頭同意後，

「話說，恭也……」

「嗯？」

幾乎就在我回答的一瞬間，奈奈子從正面摟住我的脖子。

「咦，呃……奈奈子……!?」

「……我現在不會吻你，放心吧。不過讓我抱一下下就好。」

她摟住我的力量進一步增強。

「再讓我抱一下。」

「噢，嗯。」

我在她的摟抱下，強烈感受她的身體。

柔軟的肌膚與秀髮緊貼著我，距離近到不能再近。她呼出的氣吹得我耳朵好癢。

更重要的是，除了碰觸的部分以外也非常火熱，熱到發燙。

（奈奈子……）

正因為我知道她的想法，才覺得自己真的很沒用，完全無法採取任何行動。

可是我沒有自信。我擔心如果將自己的心情轉移到戀愛上，一旦有了真正想做的事情，自己可能會後悔。

（所以抱歉，現在沒辦法。）

不久後，奈奈子的身體緩緩離開。

「欸嘿嘿，我好像傻瓜一樣呢。」

她笑了笑，然後以手抹去眼中略為泛起的某些事物。

「奈奈子，我……」

「不行喔，恭也。現在不論你說什麼，我都會哭出來。」

聽到這句話，我頓時陷入沉默。

「合作的委託我決定請對方暫緩。畢竟我不像志野亞貴已有心理準備，也缺乏自信走上這一行。我想趁自己還覺得唱歌很開心的時候，嘗試思考如何拓展自己的眼界。」

「……是嗎，我知道了。」

心想是時候了，我靜靜從座位上站起來，離開奈奈子的房間。如今大家都在思考將來的發展，並且展開行動。我一方面感到非常甘心，卻也感到些許寂寞。

◇

很快，志野亞貴確定於明年正式踏上職業之路。這一天我在大學內的鐵鍬咖啡廳，和火川一起聽某個女生抱怨。

正確來說，原本是我一個人聽，之後拖路過的火川下水。不過這件事不重要。

「話說大藝大小姐，您今後要參加什麼活動……好痛，好痛好痛好痛！」

話才說到一半，臉頰就被她狠狠捏了一把。

「下次要是再講這種話，我就真的拽下你臉上的肉！」

「拜託別用黑社會威脅人的語氣好嗎，河瀨川同學。」

她似乎捏得相當用力，臉上留下發紅的痕跡。

「沒有啦～話說真是不了呢。當初在旁邊聽到委員會正煩惱參賽者失蹤，同時去參加放映會，結果竟然是河瀨川參賽！堪稱今年最大的驚喜！」

「拜託，我不是參賽，而是被騙上臺的！這一點我強烈要求更正!!」

河瀨川忿忿不平地以吸管喝哈密瓜蘇打，甚至發出『嘶嘶──』的聲音。

她似乎對獲選成為大藝大小姐相當不甘願。屢次去找執行委員會，要求取消。

「可是我每次上門，他們就拿點心或有趣的書籍招待我……巧妙地拉攏我了呢。」

雖然對不起她，但我聽到這裡差點笑出來。或許包含這一點在內，她真的是大藝大小姐的不二人選。

「所以下週妳要參加嗎，叫什麼活絡在地經濟的活動？」

「應該吧。似乎找了五間大阪私大的大學小姐，發發傳單或手冊之類。」

說著，她從凡布包取出印好的資料。

白色帽子，紅色夾克，搭配白色裙子。封面人物的服裝感覺就像官方活動的禮儀小姐。

「妳要穿這套衣服嗎？」

我直截了當一問，結果河瀨川卻發脾氣，

「當然要穿啊！你是明知故問的吧！」

她似乎依然相當難為情。

「話說奈奈子那件事，後來怎麼樣了？」

之前我找河瀨川等人談奈奈子的事，她當然知道。

「嗯，我正打算找時間告訴妳，她說能不能請對方暫緩。」

「哦，原來她這麼保守啊。」

她一邊以吸管叮叮噹噹地撥弄冰塊，

「畢竟是在自己喜歡的領域受到認同，要是她能積極接受就好了。」

「我想她也感到害怕吧。況且她也說過，對自己的歌喉還沒有確切的自信。」

「拜託，有確切自信才不正常吧。」

河瀨川一如往常噘起嘴，

「愈努力卻依然缺乏自信，就證明她具備強烈的發展與成長認知。只要以累積經驗值的心態，不斷嘗試新的事物即可。如果她真的有了確切的自信，講好聽點是成為大明星，講難聽點就是停止成長。奈奈子才不是這樣的人呢。」

凡事她都有條有理地分析，並且認真地以熱情的態度面對創作。

她明明這麼優秀，至今卻依然尚未決定出路。讓我覺得既諷刺又有趣。

「哪像我，即使都這麼不情願，卻還是獲選成為大藝大小姐！相較之下，她們的情況好得太多了！」

我和火川都強忍著笑意。

（不過以河瀨川的本事，肯定不用擔心生計問題吧。）

她會卯足全力面對任何事，全心投入後受到他人喜愛。即使她本人不樂意，但我認為她一定有容身之處。

◇

「我回來了。」

結果剛才聊得太久，回到共享住宅時早就天黑了。我打開門口的電燈進入客廳後，發現大家難得都不在。

「原來大家都有事情啊……」

齋川目前往來於九路田團隊的新公司幫忙。一旦工作面臨最後關頭，似乎還會在商務旅館過夜。

奈奈子前往梅田，與對方討論合作的事宜。似乎還打算直接回老家，所以要在外頭住兩晚。

志野亞貴同樣也為了討論輕小說的插圖而前往東京。她目前應該已經抵達，並且在旅館下榻，和奈奈子一樣要住兩個晚上。

好久沒有這樣了。

我在空無一人的家中，呈大字型躺在客廳，仰望天花板。

「真的……大家都不在了呢。」

仔細一想，當初來到這裡的時候，我也是像這樣隻身一人。

當時我直接睡著，結果志野亞貴不知何時跑來，還鑽進我的被窩……

「當初奈奈子和貫之看我的眼神，彷彿看到鬼一樣……」

懷念當初奈奈子對我有點警戒的態度。

貫之還問過我，誰是『我的菜』。

我在這裡遇見大家，然後大家一起思考，共同創作。而現在，大家即將分道揚鑣。

明明才不到兩年，我卻覺得彷彿很久以前的事情。

這讓我備感欣慰。

我們終於脫離那個雨天的絕望，走出壞結局的未來，成功開拓通往未來的道路。

我做的事情沒有錯。照理說沒有出錯。

可是隨著情況發展，我變得愈來愈孤獨。
「不過，這樣就對了。」
因為我並不是創作者。
雖然老師告訴我們，所有人都是創作者。
可是我與靠自己的雙手，從無到有創造作品的人有根本上的不同。
我的角色是觀察人事物，適當安排使其適才適所。
受到世人矚目的終究是他們。
如今，這個時期即將來臨。
然後我翻了個身，再度注視天花板。
「真是開心啊……」
之前結束製作後，累得精疲力盡，我經常沒回房間睡在這裡。
過了一段時間，肯定會有人叫醒我。
代替天花板，從正上方擔憂地看著我。
然後我會起身，一如往常地回答對方。
「沒事，我還行啦。」
逐漸模糊的意識與視野，帶我前往不知是夢還是何方的境界。
「不……對……」

哎呀？

這不是作夢，顯然有人在。

我鼓足力氣脫離舒適的夢境世界，起身後睜開眼睛。

眼前的人，

「嗨～哦，恭也嗎。怎麼，其他人都不在嗎？」

「貫之……」

是曾經同住在這裡的朋友。

「我帶來上次向奈奈子借的ＣＤ，想說她不在的話就放在這裡。她今天是打工還是什麼事？」

「不，是之前提過的錄音那件事。」

我向貫之說明，奈奈子去找對方討論。

「是嗎，原來她也能獨挑大樑了啊。」

仔細想想，的確是這樣。

以前每當與外面的人交涉，要面對不認識的人時，她一定會找我同行。

如今她已經學會靠自己處理。雖然是我在背後推動她獨立，不過她的成長十分優秀。

「話說啊，恭也你怎麼這麼喜歡在這裡睡覺。」

貫之開心地哈哈大笑。

模樣和以前絲毫沒變。

「是啊，和以前完全一樣呢。」

「對啊，發生許多事情後，連我也跟著有樣學樣呢。」

說著，貫之環顧家中。

「不過啊，大家真的都開始忙了。」

「嗯……」

直到短短兩個月之前，天天都有人在這裡忙碌。

大家也經常一起做飯，休息時間去超商也很開心。

可是現在，卻像做夢般靜得出奇。

「變得……有點寂靜呢。只有我這麼想嗎。」

貫之感慨良多地說。

「不，我也有相同想法。」

「是嗎，那太好了。」

他難為情地苦笑後，

「總覺得大家都出人頭地，卻只有我還停留在原地。現在我有這種感覺呢。」

是嗎，所以我剛才也覺得自己還停留在原地嗎。

感覺……相當寂寞呢。

「不過我目前還沒接到任何工作，只能悠哉地享受學生生活，同時好好寫作啦！」

彷彿試圖讓氣氛開朗，貫之刻意手扠胸前，哈哈大笑。

（說不定他想為我打氣吧。）

從剛才貫之那句話的時機來看，應該是這樣。

「欸，最近都沒有兩人一起喝酒，要不要趁現在喝一點？」

「哦，不錯喔……！畢竟之前完全沒機會喝。」

果然，剛才貫之似乎在關心我。

或許看到我的陰沉表情，他發現到蹊蹺吧。

他回到大學後不久，老師曾經囑咐我，要幫忙照顧貫之。

老師可能擔心他不習慣，勉強自己才會這麼說。不過現在反過來，換他關心我了呢。

（謝謝你，貫之。）

我在心中向好友致上最大的謝意。

「好，機車就先放在這裡！然後去十字路口的 DOWSON 買點小菜和酒……」

或許飲酒會最開心的時刻，就是開始喝之前的這一瞬間。

在我們決定好要買什麼的時候，

「咦，貫之，來電鈴聲響了。」

貫之的手機突然響起來電。

「搞什麼啊，掛掉吧，等一下要喝酒呢……」

眼看貫之即將迅速掛斷電話。

「等、等一下，還是先看看誰打來的吧，說不定有急事。」

「你連這種時候都這麼認真呢。不過的確是這樣。」

貫之笑著確認手機的螢幕。

然後，

「咦，喂，等、等一下，真的假的。」

一瞬間他變了表情。

可以肯定，來電對象是不得了的人物。

「抱歉，我可以接個電話嗎？」

「當然，快接吧。」

貫之吞了一口口水，然後輕輕按下通話鍵。

「您好……我是鹿苑寺。」

他的聲音明顯相當緊張。

只有「是的」與「好的」的通話持續了一段時間，不久，

「不……不會吧!!真、真的嗎！」

隨著貫之突然大喊，語氣變得活力十足。

「非、非常感謝您!!」

接著貫之反覆透過通話口向對方道謝。

「是、是的，那當然，沒問題！我馬上過去，後天沒錯吧，嗯！」

直到最後貫之的聲音都十分高亢，通話這才結束。

然後貫之深呼吸一口氣，又重複一次動作，直到第三次，

「恭也……我、我成功了，我終於成功了……」

才以嘶啞的聲音開口。

「到、到底……怎麼了啊？」

我完全不知道電話是誰打的，也不知道通話內容。

但從貫之的反應來看，可以確定不是壞消息。

貫之緊緊握著手機說，

「剛才的電話，是學央館打來的。」

那是無人不知的超大型出版社。

不只有一般文藝作品，更大力推廣輕小說作品。記得原本世界裡的川越京一也從這間出版社出道。

（這、這不就……）

代表貫之終於熬出頭了。

「我之前一直在投稿。只要有時間就寫作，然後投稿新人獎，始終不間斷。最近一直在第三輪評審落選，但這次終於晉級最後的評審……」

「難、難道……」

「沒錯，我確定得獎了！還是新人獎，大獎耶！借用你名字的川越恭一，終於成為作家了！」

貫之的嗓門宏亮地大吼。聲音充滿前所未聞的喜悅。

「新人獎……」

他握住我的手，喜不自勝。

「謝謝你，真的很謝謝你，恭也！如果沒有你，我可能就會放棄投稿！但是……幸好我有堅持下去！」

嗯，太好了。

堅持走在寫作這條路上的貫之，終於嘗到勝利的果實。

「太厲害了，貫之。今天就舉杯慶祝吧。」

「對啊！不，今天我請你！痛快地喝吧！」

嗯，真的……恭喜你啊。

你們果然和我不一樣。
都是白金世代的頂尖創作家。
（已經到了這個時期呢。）
我夠資格與滿臉笑容的貫之並肩而行嗎。
能不能避免他再露出寂寞不堪的表情呢。
我在意的只有這一點。

沒有勝利者的比賽結果揭曉，戰士們獲邀前往下一個戰場。
接下來，我即將開始孤軍奮戰。
朝自己的重製人生邁進。

／

後記

創作的內容形式會隨著時代的變遷而大幅改變。

以前只有現場表演。後來誕生了紀錄內容並放映的媒體，隨後進化成封裝後提供觀賞的形式。

如今連觀眾收看作品後的反應都進化成文創了。作品中登場過的 Niconico 動畫，以實時性與大家一起製作影片的概念，大大影響了後來的影視作品。

本書描寫了此一變更的過程。描述當時身處時代夾縫的作品，與創作者們究竟在猶豫什麼，又下定什麼樣的決心創作。幾經奮戰後完成的本書，應該足以讓各位窺見一斑。不論各位是否知道當時的情況，能開心看完本書就是我的榮幸。

這次『我們的重製人生』成立了電視動畫的企劃，並且開始進行。在暗示媒體的概念，未來的發展時收到這樣的消息，我認為絕非偶然。應該代表各方面的段落與告別集結於此吧。

之前作品曾經陷入腰斬的危機。在一路走來熱情支持的各位讀者，以及相關人士的盡力之下，終於達到綜合媒體的最高峰。我感到非常高興的同時，也難免擔心接下來作品該如何發展。不過這也是一種刺激，以及轉機。我希望與恭也等諸多登場人物一同，再一次仔細地重新審視這部作品。

……總覺得最近幾集的後記都很沉重呢。考慮到最近的主線劇情，或許也是無可奈何，不過從下一集開始我想稍微改變氣氛。故事還會再發展一段時間，敬請各位讀者期待。

以下是致謝詞。感謝責編T引導本作成功改編動畫，以及從一開始就始終真誠地為本作付出的えれっと老師。還有時常透過感想與激勵，支援本作品的夏目繪里小姐、兔鞠まり小姐。以及協助服裝合作的リムコロ小姐，各位直播的聽眾，動畫相關的人士，與本書的各位讀者，打從心底感謝各位。

我們的重製人生原本是夢物語，如今終於改編成電視動畫。堪稱大躍進的本作品今後將會如何發展，連我都相當期待呢。

那麼我們下一集再見。祝各位身體健康。

木緒なち　敬啟

浮文字

我們的重製人生(07)

（原名：ぼくたちのリメイク7）

作者／木緒なち　封面插畫／えれっと　譯者／陳冠安
榮譽發行人／黃鎮隆
執行長／陳君平
協理／洪琇菁　國際版權／黃令歡、梁名儀
執行編輯／呂尚燁　美術主編／陳聖義
宣傳／楊玉如、洪國瑋、施語宸
出版／城邦文化事業股份有限公司　尖端出版
台北市中山區民生東路二段一四一號十樓
電話：(〇二)二五〇〇七六〇〇　傳真：(〇二)二五〇〇二六八三
E-mail：7novels@mail2.spp.com.tw
發行／英屬蓋曼群島商家庭傳媒股份有限公司城邦分公司　尖端出版
台北市中山區民生東路二段一四一號十樓
電話：（〇二）二五〇〇—七六〇〇（代表號）
傳真：（〇二）二五〇〇—一九七九
中部以北經銷／楨彥有限公司
電話：（〇二）八九一九—三三六九
傳真：（〇二）八九一四—五五二四
雲嘉經銷／智豐圖書股份有限公司　嘉義公司
電話：（〇五）二三三—三八五二
傳真：（〇五）二三三—三八六三
南部經銷／智豐圖書股份有限公司　高雄公司
電話：（〇七）三七三—〇〇七九
傳真：（〇七）三七三—〇〇八七
一代匯集／香港九龍旺角塘尾道六十四號龍駒企業大廈十樓B&D室
電話：（八五二）二七八三—八一〇二
傳真：（八五二）二七八二—一五二九
馬新經銷／城邦（馬新）出版集團　Cite(M)Sdn.Bhd.
E-mail：Cite@cite com my
法律顧問／王子文律師　元禾法律事務所
台北市羅斯福路三段三十七號十五樓
二〇二二年八月一版一刷

■中文版■

郵購注意事項：
1. 填妥劃撥單資料：帳號：50003021戶名：英屬蓋曼群島商家庭傳媒(股)公司城邦分公司。2. 通信欄內註明訂購書名與冊數。3. 劃撥金額低於500元，請加附掛號郵資50元。如劃撥日起 10～14日，仍未收到書時，請洽劃撥組。劃撥專線TEL：(03) 312-4212 ・ FAX：(03) 322-4621。E-mail：marketing@spp.com.tw

國家圖書館出版品預行編目資料

我們的重製人生 / 木緒なち 作 ; 陳冠安 譯. --1版.
--臺北市：尖端出版, 2022.08
面 ; 公分. --(浮文字)
譯自:**ぼくたちのリメイク**
ISBN 978-626-338-034-9(第7冊：平裝)

861.57　　　　111003621